灿烂的夕阳红

陈华光◎著

南京出版传媒集团
南京出版社

图书在版编目（CIP）数据

灿烂的夕阳红 / 陈华光著 . -- 南京 : 南京出版社，2024. 8. -- ISBN 978-7-5533-4872-8

Ⅰ . I217.2

中国国家版本馆 CIP 数据核字第 2024YL8661 号

书　　名 灿烂的夕阳红
作　　者 陈华光
出版发行 南京出版传媒集团
南 京 出 版 社
社址：南京市太平门街 53 号　　邮编：210016
网址：http://www.njcbs.cn　　电子信箱：njcbs1988@163.com
联系电话：025-83283893、83283864（营销）　025-83112257（编务）

出 版 人 项晓宁
出 品 人 卢海鸣
责任编辑 严行健
装帧设计 王　俊
责任印制 杨福彬

排　　版 南京新华丰制版有限公司
印　　刷 南京凯德印刷有限公司
开　　本 787 毫米 ×1092 毫米　1/16
印　　张 13.25
字　　数 165 千
版　　次 2024 年 8 月第 1 版
印　　次 2024 年 8 月第 1 次印刷
书　　号 ISBN 978-7-5533-4872-8
定　　价 60.00 元

用微信或京东
APP扫码购书

用淘宝APP
扫码购书

目 录

序言一

构筑心中的世界
——读《灿烂的夕阳红》

◎ 葛安荣

时光无语，岁月有痕。

用文字留存过往的印痕，珍藏岁月的记忆，是一件美好的事情。已逾80岁的陈华光老先生用文字倾情倾力构筑心中的世界，用文字书写人间大爱和价值观念，体现自己的发现与思考以及审美品位。

《灿烂的夕阳红》，努力呈现生命价值、生活态度的向上向善向美，有意义，有情趣，有韵味，它的出版可喜可贺！

陈老先生是前辈，是学长，亦是我的老乡。读他的著作，想着老先生笔耕不辍、锲而不舍的写作精神，一种尊重和敬慕之意便油然而生。

书名是眼睛，是窗口。用《灿烂的夕阳红》作书名，是意境也是心境。题意明朗，没有浮华或晦涩之意。这样的篇名朴实而雅气。可见陈老先生虽已暮年，内心依然如霞灿烂，充满了光亮和温暖。

莫道桑榆晚，为霞尚满天。唐代诗人刘禹锡描绘了一个美丽的暮年世界。不要说太阳到达桑榆之间时已经傍晚，晚霞照样照亮整个天空。

诗人描绘的情景，正是陈老先生心绪的再现。陈老先生沉浸在灿烂的晚霞中，感受着幸福和快乐。那份纯净，那份挚爱，那份安详，融入他的血液和意识，于是，他的内心世界开始丰富而澄亮；于是，他选择用文字倾述，用文字传输对真善美，对生活的热爱和吟唱。

泡一杯清茶，望一眼蓝天白云，再读《灿烂的夕阳红》，我觉得是一种享受。纵观全书，作者选材取材多样化，结构方式有变化，叙述节奏或快或慢，或详细或简洁，在一篇篇文章中，我似乎看到曾经的乡野田园和生活状态，感受着作者真实情感的表露，无论是议论，还是评判褒奖，作者表达自己观点时直抒胸臆，指向明确。写人记事有时清浅婉约，有时浓稠厚笃，体现了作者把控叙事的分寸感。

《灿烂的夕阳红》全书大部分篇目立足非虚构的写作方法，写悠悠过往，也把过去发表的文章，选萃集聚。从形式上看，散散漫漫，但内容里有一条无形的线相牵。这条线是陈老先生心中的线，内在意义的线，这条线就是真情实感的线，作者把一篇篇文章连结这条线上，像把一颗颗珠子串在一根线上。作者写繁华的生活景象，多姿的人间万象，他明白：生活不是直通车，也非一种版块，它有曲折，有风雨，生活由无数“碎片”组成。

陈老先生直面人生，在生活长河中打捞记忆碎片，这些碎片是生活的片段，有意思也有意义，值得珍藏。作者笔下或客观记录，或细腻描述，或生动链接。在《灿烂的夕阳红》中，陈老先生把夕阳时光视作一幅画，一坛陈年老酒，耐看耐品味。在他的记忆里，往事并不如烟，往事镶嵌在陈老先生的心灵之上。“碎片”好像日历，相同又不同，四季轮回，许多的事许多的人，许多的场景和地点，在作者心里储存着，全书娓娓构筑了他心中美丽的世界。这世界赤橙黄绿青蓝紫，色彩斑斓。读之，有一种代入感，现场感。作者不去参照模仿别人所写，专心写自己独特的经历，独特的体验和感悟，因此，全书少有同质化的素材写入。

在我的阅读印象中，《灿烂的夕阳红》大致可分为“往事追溯”“世象观察”“情趣小品”等类别。

往事追溯中的《我的牛爸爸》《我忘怀不了的父亲》《难忘儿时暖心的茅草屋》《插秧》等尤为出彩。陈老先生在叙事时落笔从容，转换自然。牛爸爸写龙骨水车给水稻戽水灌溉，写赶牛拉车，笔墨节俭，却刻画了劳动的艰辛场景和真实流程。“一天一个曝，稻禾洗个澡，牛儿松松套，农人笑弯了腰……”等童谣和顺口溜的注入，展现了劳动的苦中有乐，苦中有情趣。作者回望过往，感慨良多。旧时农耕生活已成为历史，但农耕精神仍然光芒闪烁。陈老先生写往事并非简单地记述，机械地照搬，其中蕴含的意义隐约透示：重塑农耕精神，仍是发扬传统文化的一个组成部分。

《我忘怀不了的父亲》通篇感人至深。陈老先生平静的记叙中涌动着深深的情感。读着父亲抽自制烟草的细节，我仿佛嗅到一股浓烈辣人的烟草味，仿佛看到一位饱经风霜的农民的慈祥笑脸。当读到作者写父亲患病的前后，我的心弦被一次次拨出颤音。作者在平静的叙述中，让我领略了一位农民父亲的品质和胸怀！

《难忘儿时暖心的茅草屋》，写那个贫困的年代，艰苦的生活。茅草屋的形状，茅草屋的前后以及茅草屋里透出的浓厚亲情，让人触景生情。即使没有目睹过茅草屋的年轻人，也可以想象出茅草屋的简陋和贫困。当然，陈老先生叙述痛苦时没有撕裂和绝望的感觉，总是缓缓渗入亲情和人情的宽厚与温暖，如此，使得文章的立意站起来，亮起来，让人感觉到虽处贫穷而不失望，生活仍然有温暖的光芒。茅草屋中吃西瓜等内容，作者由屋及物，由人及物，情感交织，层层叠加，体现了描摹生活的多视点，多侧面，多角度。

《娃钓乐》《插秧》等篇写得轻盈、喜悦，过程和结果相映成趣，既溢出生活的烟火之气和江南风味，又表现了作者对美好生活的憧憬和向往。

《灿烂的夕阳红》写乡情、友情、同学情等绝不矫揉造作，犹如画工笔画，笔笔传真，笔笔见情。《两位好朋友》《师生情深难忘怀》《难忘时隔半世纪　重返母校南师大的一次老同学聚会》等篇，陈老先生的文字情义浓厚，没有恣意夸张，没有虚化想象，一句话，一个笑脸，一次相见，那份真诚的情感由心而生，由心而出。他对母校南师大心心念念，情有独钟。阔别50年的聚会，通篇没有形容词，没有情绪渲染，只是详细记录同学的情况和聚会流程，如同大白话。自古文无定法。这些文字简洁，直白坦诚，阅读效果可以让人一眼就明白。这里，陈老先生并不追求技巧和章法，只是实录实记，留下了给人回味的空间。

《灿烂的夕阳红》还有很多篇章写得“杂”，写得“浑”，涉及世事观察，现象评论，生活小品等，我却觉得“杂”而不乱，“浑而不浊”，体现了丰富性，深厚性，应着题意和作者的心境。像天上的晚霞，没有一朵绝对相同，风来云动，游走的姿势或高或低，或急或缓。陈老先生把不同类型的文章汇聚成书，也使我们感受到作者的内心乐观透明，拥抱多彩生活的信念坚定。

其中生活小品如微雕盆景，小而巧，小而美，小而灵动，如《燕子与麻雀》《快乐学娃》《渔鱼乐》《地龙赞》《养螺蛳吃螺蛳》等，这些小品以生活出发，一事一情景一情趣，把知识性和文学性结合，真实性与娱乐性兼容，写得轻松流畅，让人品味生活的多种滋味，也看到人与自然和谐共生。

老夫喜作黄昏颂，满目青山夕照明。《灿烂的夕阳红》书写所见所闻所感所悟。书卷气、人文气洋溢其间，贴近生活和百姓。他用文字构筑的心中世界光亮透明，温馨慈祥，豁达宽阔，犹如晚霞之光，静静地映照大地，美丽如画！

葛安荣，中国作协会员，一级作家，毕业于南京师范大学中文系，后入鲁迅文学院进修。出版短篇小说集3部，中篇小说集1部，长篇小说6部。纪实文学作品多部（篇），400余万字。中、短篇小说《走出困局》《花木季节》《黑色无错》《空洞》《鱼祸》《风中的轮笛》《野雪》《紫唇》《鬼手》等多部作品被《小说选刊》《新华文摘》《小说月报》《中篇小说选刊》《作品与争鸣》《海外文摘》等刊物转载。短篇小说《风中的轮笛》获江苏省第七届紫金山文学奖。中篇小说《红鱼歌》获第五届《钟山》文学奖。长篇小说《都市漂流》《玫瑰村》《纸花》获江苏省第三届、第七届、第九届五个一工程奖。《玫瑰村》被江苏省锡剧团改编成大型现代戏公演。有作品被翻译成韩文、英文。

序言二

莫道桑榆晚，为霞尚满天
——读陈华光《灿烂的夕阳红》有感

◎ 刘根勤

读完了南京耄耋老人陈华光先生十余万字的著作《灿烂的夕阳红》，我心头涌出一句大唐“诗豪”刘禹锡的诗：莫道桑榆晚，为霞尚满天。

陈老出生于20世纪40年代，现在已经80多岁，他不但见证了新中国的建立、发展与兴盛，而且亲身参与建设，从苏南新农村建设，到大都市南京的整饬，再到意识形态领域的工作，可谓是身经百战，内外兼修。而且他生命不息，战斗不止，在别人钓鱼跳舞的时候，他选择了笔耕不辍，以自己的丰富经历、细腻内心、坚强意志，写成了几十篇文章，与各界读者分享，并结集出版。这对他自己，固然是一种仪式，一个再出发的里程碑，对整个社会，尤其是对爱好历史，关心当下，心系未来的人们来说，是一个卓越的贡献。

而我，身在广州的江苏人，何其有幸，先睹为快，读完了陈老的著作，自然义不容辞，将自己的心得，与广大的读者分享。

首先，这是一部美文汇编。

江南美，首先是风景优美，更是人文大美，妥妥的人间天堂。

开篇就是《娃钓乐》。

“我出生在苏南鱼米之乡。小时候农村处于自然生态，空气新鲜，碧水清清，样样产出均是有机食品，味道鲜美。”

“我们那个村子里水面多，有一个又一个的大小池塘，有吃水塘、洗菜塘、饮牛塘，这些池塘又连着小河，通向大河。那真是水美草丰鱼儿肥的地方，是我儿时同小玩伴玩耍垂钓的乐园。”

“虽然后来工作离开家乡成了城市人，现已是退休老人，但儿时在乡村垂钓快乐的一幕幕却挥之不去，现在回忆起来依然兴奋不已。”

作者的童年，在1940—1950年代，当时的生活，十分匮乏，但童年的作者，并没有太多灰色的记忆。他们垂钓，一是劳动本身的乐趣，二是偶有收获，与家人、小伙伴大快朵颐，“众乐乐”。他第一次是钓虾，后来跟同伴捕获了一只三斤半的甲鱼，用现在的话说，简直是“泼天的富贵”。

全书洋溢着阳光的气质。

他小时候念想的，都文思泉涌，除《娃钓乐》外，还有如《农村孩子盼过年》《快乐学娃》《渔鱼乐》《儿时暖心的茅草屋》等文，展示了儿时的单纯、纯真、忘我、快乐，不能自已。

还有他忘怀不了的亲情友情，如《我忘怀不了的父亲》《师生情难忘怀》《好朋友》等文，显示了父与子、老师与学生、朋友与朋友之间的深厚感情，历久弥坚，难以忘怀。艰难岁月中的深情，尤其是父母的爱，极其动人，让人联想到明代文豪归有光的《项脊轩记》。

最有意思的是《我的牛爸爸》一文，歌颂耕牛对人类的贡献，提示人们，半个世纪前，中国还处在农业社会，耕牛是宝贵的生产工具，更是人类的好朋友。

与其他动物，也能友好相处。比如写黄鼠狼的《不速之客》，写蚯蚓的《地龙赞》和《燕子与麻雀》等文，反映他接触、观察到全面认识与熟悉黄鼠狼、燕子、麻雀和蚯蚓等动物。字里行间都是一颗“赤子之心”，除非获取必要的生存物资之外，对动物全是爱护，而没有任何神化、恐惧与嫌弃。

作者参加工作以来，一路做到乡镇党委书记、县城领导、南京市的干部，但童心未泯，情怀满满。他的文章讲生态环保，如《湿地，生命之源诗歌之泉》《南京珍珠河河景引人入胜》《珍珠河的河道清洁工》等文，显露了他对环境的爱护与保护，对环卫工作者的尊重之心。

包括南京在内的整个苏南，早在改革开放之前，经济就开始发展，在政策放宽后，更加突飞猛进，成为全国的楷模。更难得的是，经过近年来生态环境的保护与建设，城乡环境依然美丽。

作者看到自己的家乡，从农村到都市，繁华而美丽，胸怀大畅。

其次，这是一部难得的当代史著作，主题是江南（南京）的城乡建设。

《两位好朋友》中的和风乡赵书记、新桥乡陈书记，年龄差距不小，他俩在乡镇进行建设工作。当时基层干部的风貌，可见一斑。

《职责与担当》，写了作者担任晶桥乡党委书记，推动新桥河引水工程，不仅造福了晶桥乡人民，给山区圩区及两岸引水提水灌溉，也方便了圩区排涝，在更大范围内，给邻近兄弟乡镇以及句容县的乡镇人民造福，给他们引来源源不绝的江湖水，灌溉庄稼，获得丰产丰收。更提示大家：为官一任，造福一方，而水利是根本，这方面党和政府厥功至伟。

《职责与担当》，还有《家庭联产承包，农民先行创造——四十年前亲身经历的一场农村改革》两篇文章，都书写了溧水乡村，如何学习凤阳小岗村的经验，后来居上，成为周边地区发展新经济的楷模。这段故事，是宝贵的历史经验，值得放大。

溧水并入南京，作者也成为南京市的干部。他参与南京城市建设，尤其是明孝陵，还有南京市城墙保护以及云锦等申遗工作，他也干得有声有色，甚至推动了"非遗热"的社会风气。这些精彩的故事，在《实现零的突破　首拥世遗名片》《艰难起步　良好开端——台城段城墙维修工程回顾与思考》，都浓墨重彩地展示，让读者大饱眼福。

第三，也是重点，这是一部人生智慧的宝典。

作者说：年老退休后，闲暇无事，想东想西，写了一篇篇文章，内容不一，各有特色。

他谈历史，评当下，如《由"说曹操曹操到"想到的》《今非昔比　体悟深刻》《漫谈长寿》，说科学，如《真实人与虚拟人：谁主沉浮？》《漫谈如何辨方向识路径到达目的地》，讲工作，甚至工程，如《职责与担当》《加装电梯》《实现零的突破　首拥世遗名片》《艰难起步　良好开端》，还有专门谈智能手机的，如《手机的扩张功能、带来的变革和使用者的自我迷失》。

人生苦短，唯有爱与美食不可辜负。小时候取鱼摸虾，种菜种瓜，乐在其中，前文多有叙述，退休后呼朋引伴，共享闲暇，如《蹭吃蹭喝，寿比南山》《乐融融聚会聚餐的老友们》《养螺蛳吃螺蛳》等文。

这些文章，形散神不散，展示了一个老人如何热爱生活，善于学习，不知老之将至。

用作者的话说：这些文稿文章，有散文、随笔，还有小说，都是来自“我”的亲身实践、体悟。现在的“我”是儿童、少年、青年、成年的“我”加上老年的“我”的综合体。这个“我”是可以返老还童，还少，还青，还壮的，是个变动的自我综合体。

所以在全书的字里行间，在作者的身上，看不出时间的变迁，只有一颗赤子之心，不忘初心。

优美的文字，丰富的历史记忆，通透的人生智慧，结合一颗高级的心灵，就决定了本书不一般的阅读价值。

最后，我想说：太阳照常升起！

刘根勤，江苏兴化人，资深媒体人、文史学者、作家，中山大学中国古典文献学博士、历史学博士后。现居广州。

序言三

唯有情感和情怀最珍贵

◎ 李志平

吾心安处即故乡。中国的文人，文化人，乃至于所有的中国人，他们的精神家园终究要归于文字和文章之中。诗词歌赋、散文小说，皆是追忆述怀抒情的载体，所思所想若不着落于纸面，若不诉诸文字，就仿佛没有回到故乡的游子，就好像飘在风里的柳絮，晶莹的雪花再美，也比不上流光的琥珀经得起反复观赏。

读陈华光先生的文字集，看到的是生趣盎然的少年，朝气蓬勃的青年，执着沉稳的中年，豁达舒朗的老年，人生各个阶段的侧影；也随着他的视角，回顾时代的峰回路转。文字是自己和自己的对谈，是脑海里的钩沉和梳理，情感上的慰藉和沉淀。读陈华光先生的文字集，使我想起我的父亲，他虽然来自农村，一辈子草根，文化程度不高，可是在老年时居然也迷恋执笔写作，回忆故土倾诉乡愁，撰修族谱寻根问源，他虽然对很多事情一知半解，但那种热烈和真诚始终能感染到别人。人生本来就是一个个故事组成的，记录就是收获，展示更是分享。

每个人都是一片乡土的赤子，都是一个时代的产物。站在时间的大江大河上观望，什么都不重要，唯有情感和情怀最珍贵。

李志平

2024年6月1日写于金陵

李志平，南京市文联副主席。

序言四

信念·传承·使命
——读《灿烂的夕阳红》有感

◎ 高　云

时常在《人民作家》《新长江文学》《老同志创作园地》等公众号上欣赏到陈华光先生的作品，总是倍感亲切。近来喜闻陈华光先生已将近年发表的大部分佳作汇编成十余万字的作品集，取名《灿烂的夕阳红》，深感敬佩。我谨以曾在中学、小学、少年宫和教育行政部门工作了三十余年的职业习惯，深悟文字在教育方面的影响和作用。它不仅是语言学习的重要工具，同时负有表达思想与情感、促进思维发展和社会交流与沟通、记录与传承信息和文化等方面的特殊功能。陈华光先生曾在教育和文化领域工作多年，现年逾八旬，完全可以安享晚年，悠闲度日。但他却依然坚持将人生各个阶段丰富而精彩的亲身经历及所思所想，用文字的形式定格保存和记录下来，汇集成《灿烂的夕阳红》一书，这充分彰显了他在中国文化与精神内核传承方面的坚定信念和使命担当。

一、这是一本充满生活气息有温度的书

创立了“活教育”理论，并创办了我国最早的幼儿园——南京鼓楼幼稚园的我国著名的儿童教育家陈鹤琴先生曾曰：“大自然、大社会都是活教材。”《灿烂的夕阳红》里有超过三分之一的篇幅，生动描绘了作者少儿时期的“乐”与“趣”。如《娃钓乐》中的开篇文字：“我出生在苏南鱼米之乡。小时候农村处于自然生态，空气新鲜，碧水清清，样样产出均是有机食品，味道鲜美。”“我们那个村子里水面多，有一个又一个的大小池塘，有吃水塘、洗菜塘、饮牛塘，这些池塘又连着小河，通向大河。那真是水美草丰鱼儿肥的地方，是我儿时同小玩伴玩耍垂钓的乐园。”还有《渔鱼乐》《快乐学娃》《农村孩子盼过年》《玩，儿时的好朋友》等文中，对当时大自然环境和无忧无虑、尽情玩耍的快乐童年的回忆，无不散发着童真童趣和浓郁的江南水乡独有的生活气息。

随着年岁的增长，作者对父母家人的爱越发深沉。在《我的牛爸爸》《我忘怀不了的父亲》《难忘儿时暖心的茅草屋》《跟着爸爸学渔鱼》等文中，溢满了作者对父母深深的怀念和感恩之情。因为亲身经历，所以刻骨铭心，感人至深。

还有《师生情深难忘怀》中的师生情、《好朋友》中的友情，以及《珍珠河的河道清洁工》中对环卫工作者的尊重之情……这些真诚而丰富的情感汇聚成一束束人世间最美的光，照亮并温暖着作者和每一位读者的心。

二、这是一本凝聚人文情怀有高度的书

作为南京师范学院马列主义教育系首届毕业生（61 届），陈先生经历了溧水县中学教员、溧水县晶桥乡党委书记、中共溧水县委宣传部长、中共南京市委宣传部副部长、南京市文化局局长兼党委书记，南京市第八届、九届、十届政协常委兼学委会主任和教卫文体委副主任等多岗位磨练。从农村娃到国家干部，陈先生一直严以律己，以身作则，在不同岗位上同样地出彩出色。这些感悟与收获正如他在《职责与担当》一文中所述：“我从1978到1984年，共有六年时间，任职溧水县晶桥乡党委书记。先后经历了治山造林、开河引水、联产承包等重要事项和重大工程，特别是亲历了农村改革及带来的巨变。在青壮年这一时段，组织上给我提供了农村基层这一接地气亲自然近群众的广阔天地，与农村百姓一起，人山人海，改造山河，绿化山林，大兴水利，引江湖河水，灌溉农田，投身农村改革，经受锻炼、考验，长知识，长本领。印象深刻，铭记不忘。对国家政策落实、改革开放实施、传统文化保护与传承等方面表现出来的青壮年时期的“敢”与“干”，作者在《家庭联产承包，农民先行创造——四十年前亲身经历的一场农村改革》《艰难起步　良好开端——台城段城墙维修工程回顾与思考》和《实现零的突破　首拥世遗名片——南京市政协推动明孝陵成功申遗回顾》等文中如实陈述，体现了作者深厚的大爱无我和家国情怀。家是最小国，国是千万家。在《难忘儿时暖心的茅草屋》《少年夫妻老来伴》等文中，蕴含了作者对家人的爱念和感恩之情。

三、这是一本记录人生经历有长度的书

“我出生农村，是农民的孩子，大学毕业参加工作还在农村，从事农村基层党委书记（先任公社书记，后为乡党委书记）。十一届三中全会后，亲身经历了农村家庭联产责任制改革，感受今昔巨变，翻天覆地。现书写回顾，颇有感怀，深有体悟。”这是作者在《今非昔比　体悟深刻》一文中关于成长经历的简要叙述。其数十年所经历的得失成败，所感知的酸甜苦辣，所收获的经验体会，在《灿烂的夕阳红》的许多作品的最后得以精彩呈现。

如：作者在《娃钓乐》最后写道："现在，我这个八十老者只想钓儿时的'娃钓乐'，只想钓儿时'草丰水美鱼肥味儿鲜'，只想钓子子孙孙所期望所赖以生存的青山绿水……"又如在《漫谈长寿》一文结尾处，作者这样总结："看来，人生不仅有年高寿长，更有质量价值。在探讨人生长寿时，更不能忘记探讨人生意义。要将数量质量通盘辩证思考，有价值地度过健康长寿的每一年每一天。"

四、这是一本涵盖多种体裁有宽度的书

《灿烂的夕阳红》收集了作者近年来发表的文章约四十篇，十余万字，其中包括了记叙文、议论文、应用文等多种体裁。用作者的话说：这些文稿文章，有散文、随笔，还有小说，都是来自"我"的亲身实践、体悟。现在的"我"是儿童、少年、青年、成年的我加上老年的"我"的综合体。这个"我"是可以返老还童，还少，还青，还壮的，是个变动的自我综合体。该书里面不仅有与动物和谐相处并提倡动物保护的，如《不速之客》《燕子与麻雀》《地龙赞》等文；还有谈古论今的，如《由"说曹操曹操到"想到的》《今非昔比　体悟深刻》《漫谈长寿》等文；有谈科幻科技体裁的，如《真实人与虚拟人：谁主沉浮？》《漫谈如何辨方向识路径到达目的地》等文；还有专门谈智能手机的，如《手机的扩张功能、带来的变革和使用者的自我迷失》等等。尤其是12000多字的小说《加装电梯》里真实故事的叙述和散文《湿地，生命之源诗歌之泉》里关于湿地的组诗的描写，令人阅后印象深刻，也充分体现了作者扎实的文字功底和选材广泛、海纳百川的胸怀与气度。

五、这是一本蕴含人生哲理有厚度的书

人生哲理，是关于人生的根本原理和智慧。它主要探讨人生的目的、价值、意义、态度等。《灿烂的夕阳红》一书，蕴含了作者数十年来积累和感悟的人生哲理。体现了作者的世界观、人生观和价值观。例如：在《漫谈长寿》一文中，作者写道：也有人觉得人并不一定追求长寿，人活着要有价值，不能虚度。苏联作家奥斯特洛夫斯基的长篇小说《钢铁是怎样炼成的》中的保尔·柯察金的名言名句：“人最宝贵的东西就是生命，生命属于我们只有一次。人的一生是应该这样度过的……为人类的解放而斗争。”这关于人生和生命价值的名句名言，在当时年代的人们中，尤其是在青年中留下了极其深刻的印象，在苏联，在中国，甚至在世界范围内都有强烈反响。当时，我多次阅读了《钢铁怎样炼成的》小说，引发了人生激情，深刻影响了自己的世界观人生观。

再如：作者在《艰难起步　良好开端——台城段城墙维修工程回顾与思考》中提出了自己的建议：现在形势好了，条件改善了，手段先进了，经费也多了，但我们仍不能任性随意作为，更不能画蛇添足。要坚守祖宗家业、坚守文物规制，文物维护要尽心尽力“修旧如旧、修旧如故”，还要给遗存文物留下必要的空间和余地。文物要陈列展示，文物景点也要开放让人游览，但利用开发要掌握度，关键要坚守相关管理条例法规。还要继承发扬老文物工作者责任担当、艰苦奋斗、攻坚克难、善于创新的优良传统作风，保持“执着坚守”的职业操守品格。

人民教育家陶行知先生说过：“生活即教育、社会即学校。”《灿烂的夕阳红》一书，选材和内容源于生活，立意和影响又高于生活。陈华光先生将少儿时期的“乐”与“趣”、青壮年时期的“敢”与“干”、老年时期的“丰”与“俭”、秉持一生的“勤”与“情”，倾注笔端，跃然纸上。这些文字汇聚成有温度、有高度、有长度、有宽度、有厚度的《灿烂的夕阳红》，这是前辈们当年艰苦生活的经历重温，也是他们不畏艰难、乐观坚强、笑看人生的品格再现，更是需要我们有将这一美德家风、文化自信和精神财富代代传承下去的坚定信念与使命担当。

最后，引用我国著名的数学家，也是我们的杰出乡贤和校友华罗庚先生回乡时题写的一首诗与大家共勉：

树老怕空，
人老怕松。
戒空戒松，
从严以终。

2024 年 6 月 6 日凌晨于广州

高云，女，广州市教育局干部，广东省、广州市舞蹈家协会理事，广州市百名职工艺术家。成长自江南艺术、教育、体育世家，曾就读毕业于江苏省华罗庚中学，在江苏和广州的中小学校、少年宫和教育局机关从事德育、体育、美育教学及行政管理、教育督导、党建工作三十六年，在全国和省市区体育、舞蹈、美术、文学创作等比赛中屡获佳绩，多次荣获“优秀辅导员”“优秀党员”“先进教育工作者”“广州市文明家庭”“广州市书香家庭”等称号和表彰。

自　序

灿烂的夕阳红
（代序）

◎ 陈华光

日子过得真快，工作直至退休几十年过去了，又过了二十多年，年岁已至八十有余，已到了人生“日落”的黄昏时日，亦美称为灿烂的夕阳红光景。我将老年时期的，尤其是近几年来的人生积蓄的思考、行文的篇章汇成集，取名《灿烂的夕阳红》，并作此序。

人生经历童年、少年、青年、中年、老年、暮年等各个阶段。童年天真烂漫，青年血气方刚，中年庄重稳当，老年知晓天命，暮年看开看淡。而终于一生，暮年夕阳红闪耀着灿烂的光辉。夕阳红，犹如一幅诗意画卷，渲染着岁月的珍贵和生命的瑰丽。在这个多彩的时刻，老年人们凝聚着慈祥与智慧，像明珠般熠熠生辉。

曹操的《龟虽寿》这样讲的：神龟虽然十分长寿，但生命终究会有结束的一天；腾蛇尽管能腾云乘雾飞行，但终究也会死亡化为土灰。年老的千里马虽然伏在马槽旁，雄心壮志仍是驰骋千里；壮志凌云的人士即便到了晚年，奋发思进的心也永不止息。人寿命长短，不只是由上天决定；调养好身心，就定可以益寿延年。就要学会反思与修正，明白自己能力大小要与目标相匹配，是梨子就不要做苹果的梦。要知道什么可为，什么不可为，有哪些事情做得正确，哪些事情不适合自己。因为这个时候才是真正的活出自己。古人云“致知在格物，物格而后知至，知至而后意诚，意诚而后心正，心正而后身修，身修而后家齐，家齐而后国治，国治而后天下平”。总的来说就是要找准自己，顺其自然。我们的人生阶段，从开始的稚嫩到最后的走不动路，我们的人生其实是一眼可以望得到头的。人生也许是长度很有限，但是我们可以让这个看起来望得到头的人生过得不一样，走出别人不一样的感觉。

人至暮年，耳不聪，目不明，不能耳听八方，眼观六路，无有长远目标、伟大理想，陷入回忆过去，倒过来翻阅人生日记，唤起记忆，振醒自己，激动自己，自觉自己越来越年轻，越来越有作为。自以为人生可以重来一次，但到后来，在回忆过去时日中重返现实，回到眼下时日，已是暮年，虽然夕阳多彩瑰丽光辉，但人生不可重来，只有一次，仅此而已。

吾一生平平，无所大为大作，也没有大错大误。人比人气死人，为何别人行我就不行。哼，如果让我人生再来一次，让过来人重新安排，那定会让下辈子来生光彩夺目，光彩照人。

下辈子人生起点是个零，我可以用心安排，精心选择，周密组装。可以以高大上人物、革命英雄人物为目标，安排人生旅途中学习、工作和奋斗历程，久久为功，成为万众瞩目的伟人、英雄；可以以各类科学家、发明家为楷模，不为名利，潜心研究，创新创造，为社会为人类贡献了不起的智慧和力量，成为杰出的一界名家、名师、名者。可以以体育杰出运动员为榜样，刻苦锻炼，努力拼搏，打破速度、高度、灵活度、耐久度极限，争先夺冠，为国为民争光，留下历史上光辉一页等等，不一而足。

但是，绝不可以自命不凡，也不可以平平淡淡，人生定要争先拼搏，苦于乐于享于竞争之中，在其中不懈地度过。

“人发誓下辈子要怎么怎么”，这是活着的人常说的一句无奈的话。人没有下辈子，人只有这辈子，只有珍惜这辈子，活好当下这辈子，才不辜负自己这辈子。

我们可以学习上辈子，关照好下一辈子，活好当下这辈子，才能使“人生一辈子”充实充满充足，富有意义。

人言道平平淡淡才是真，人生是平淡、平常、平凡的过程。伟人、英雄、杰出人物只是万众中的少数，他们也生活在大众之中，不露脸，不显眼，不显摆。他们的言行带动大家，大家也有心有行向他们学习看齐，并不仅仅是在媒体宣传使他们出名后再慕名向他们学习，也不仅仅是在各级领导大力动员号召后再被动地仿效学习他们。如果仅仅如此，那实际会流于形式，效果会有折扣。年长者都经历过运动式、大张旗鼓式的学习活动，当这些活动的发起者、组织者出了大名后，这些活动就偃旗息鼓，甚至有的组织发起者被起诉法办，这就是我们广大干群经常经历过的难忘情景。

人到暮年不可回避的“百年后”，如入梦境，那是最后最灿烂的夕阳红时刻。一股青气升天，成了仙在天堂漫游，俯视大地，鸟瞰人间，心旷神怡，好不爽快。在梦境中，我预见到了生前一个个熟悉要好的同学、同事、亲人和朋友。首次见到的是刚刚离世的曾在省属单位工作的大学同学，虽然年纪大了，但身体健康，不知怎么的就突兀走进天堂。他飘飘然，我追着跟他说话，他反问“你在人间追到天堂干吗呢”，然后不语不理我了。后来又见到了一位长期住院治病的邻居，他几年前离世，在天堂身体好精神足，一溜烟行走，我赶不上他。接着，一个一个地飘然而止，飘然而去。

突兀，梦游中止，我站在医院被抢救的病人面前。此人是我的上级领导，虽然刚被抢救，但马上精神焕发，发号施令，要我等人正常工作，积极努力完成他布置的任务。他特别要求老者要抓紧不多的时间安排好余生的日子。

我们这些老者在思考如何安排好余生，首要前提是要活着，活着就是胜利，然后是健康，健康是活着的数量质量的本钱，健康地活着就是长寿，就是长命百岁。百年后的事是管不着了，百年前的事还要尽力而行，尽心而为的。

应要采取适当方式锻炼，确保身体健康身心快乐。应要积极参与，融入社交、社会活动，发挥炽热余温。应要培养兴趣，拥有一技之长，颐养天年。应要勤动脑，善思考，笔耕不辍。总之，要通过终身不懈不怠的努力，让百年后留下光影，而不是只有火烬灰尘。

2024 年 2 月 15 日写于南京

陈华光，1941 年 7 月出生，常州金坛人士。1965 年南京师范大学政教系毕业后参加工作，历任溧水县中学教员、溧水县晶桥乡党委书记、中共溧水县委宣传部长、中共南京市委宣传部副部长、南京市文化局局长兼党委书记，南京市第八届、九届、十届政协常委兼学委会主任和教卫文体委副主任，2004 年退休，现为南京市文化和旅游局退休干部。

主要编著有《浪潮集》《思想政治工作二十讲》《农村干部领导艺术》《马克思主义基本理论》等著作，在中央、省、市报刊（电子刊物）上发表了百余篇专论文章和多种体裁的文章。

娃钓乐

我出生在苏南鱼米之乡。小时候农村是自然的生态，空气新鲜，碧水清清，样样产出均是有机食品，味道鲜美。

我们那个村子里水面多，有一个又一个的大小池塘，有吃水塘、洗菜塘、饮牛塘，这些池塘又连着小河，通向大河。那真是水美草丰鱼儿肥的地方，是我儿时同小玩伴玩耍垂钓的乐园。

虽然后来工作离开家乡成了城市人，现已是退休老人，但儿时在乡村垂钓快乐的一幕幕却挥之不去，现在回忆起来依然兴奋不已。

我第一次垂钓不是钓鱼而是钓虾，而且不用钩，用一小段树枝连一根线，系上一个从水里捞出用石块砸开的螺蛳肉，下到池塘边石阶水下，一会儿就眼看着一只只大青虾从石缝游近咬肉吃。

我好兴奋，屏住气，慢慢地提线，快离水面时我用另一只手掌猛地将青虾击到河岸上，它活蹦乱跳，真让我开心死了。

后来我的钓法有了改进，不用线钩，用两根竹篾片扎成十字形，再由四个竹片头系紧一片线网的四角，做成兜网，网中心系上螺蛳肉沉到塘边石码头旁水下，等待着。

隔着大人吸一支烟的时间，把网提上来，见网上不是一只而是四五只跳蹦的青虾，更让人开心啊，我也像青虾一样连蹦带跳。

我七岁时上了本村的小学校念书，结识了很多小伙伴。在他们面前大吹特吹我会钓虾还会钓鱼。

放学后，我们来到塘边，我从树上拿下我的竹钓竿，钩上事先装在小盒里的苍蝇，放到水里漂浮着，水面上涌来许多穿梭不息的柳叶鱼，也叫穿条鱼。

只见苍蝇一没下水，我猛一提甩，一条“穿条”闪着银光在地上跳来跳去，接着又是一条又一条。小伙伴也欢呼跳跃，夸奖我真牛，我也乐得脸红红地放光。

钓鱼有乐趣，自制渔具也有令人期待的乐趣。

农村小孩不懂不会也无钱购买钓鱼工具，只能就地取材自己制作。

我拿妈妈的长短缝衣针，用钳子夹着在煤油灯上烤着把它弯成大小的钩；我拿家里养的快结茧的蚕往地上甩死，取出肚子里的像水粉丝一样的丝线，摄住两头把它拉长成像尼龙一样的钓鱼线；用自家竹园的竹子劈成篾竹条，截成一寸长，做成一个个竹卡子，分段连在一条长线上，装上饵食放到水下钓鱼……

放学后，我还要帮家里割羊草打猪草，没有空坐着提着鱼竿钓鱼，我就搞了个“无人钓”办法。

我在河塘边每隔一段，在岸边插上钓鱼竿，每杆钩勾上比青蛙小得多的土色“小土蛙”，钩在腰骨处，刚好平水面，土蛙两腿不断划动，十分诱鱼。

此时岸上不能有人说话走动，会惊走了鱼。

不一会儿，不是这杆就是那杆在晃动，我就丢下手中的活计去提鱼了，所提的大多是黑鱼，干活的辛苦劳累一下就消失得干干净，浑身舒畅，兴奋不已。

唐朝诗人胡令能写道：“蓬天稚子学垂纶，侧坐莓苔草映身。路人借问遥招手，怕得鱼惊不应人。”反映了“小儿垂钓”的心境和欢乐。

一个礼拜天，村里三个同学来到我家，与我一起在一条长线上连着的一个个鱼竹卡子上装饵。

一手摄住竹卡，一手拿泡胀的麦粒往卡尖上摁，完成了就把这根长钓线，拿到村边最大的“洗菜塘”，放置在岸边长满水草的水里，把长线的两端的竹竿插到岸上。我让大家坐在树荫下，不动声响地候着看着。

忽然有一同学发现池塘中游出一个不小的甲鱼，说能不能把它钓上来。

我说能，但要有一块鲜猪肝就行。这个同学说刚好我爸买了一斤猪肝，我去拿一块来，说着就往家里跑；我也同时跑回家取来系了木块的钓钩，把取来的猪肝勾上，往塘中抛去。

猪肝入水漾出一滩血水，这对甲鱼是很有引诱力的。

大家又坐下等着看着。等了很长时间，人有些不耐烦了，我就带着大家去提线取鱼。

我会游水，下到水里拔杆提线，看到卡子卡着的一条条鲫鱼，它们挣扎着，被同学一个个接着放到鱼篓子里。

卡线和鲫鱼取回来，还有木块钓线还在河中。同学们说怎么办？正说着，此时河中的木块向岸边移动。

我说甲鱼来了，它被钩着了，被木块吊着疼只好向岸边游了。提起木钓线，一只近三斤重的亮着白肚的甲鱼呈现在大家面前，同学们手舞足蹈乐开了花。

我大声喊着：走，让我妈做红烧甲鱼给大家吃。大家直夸我真牛，真能，真够朋友！我听了满心欢喜！

儿时的鱼为何那么好钓，因为那时空气好、水土好，水田里、河塘里没有化肥、农药污染，是个连片的湿地，什么都长，水草、浮游生物、各色小虫、螺蛳、鱼虾、螃蟹、泥鳅、甲鱼、蚂蚱、蚯蚓、水蛇、老鼠和青蛙……

处处充满生命活力，物种间自然形成食物链，大地覆盖生物网，呈现鱼跃人欢、万物兴旺的良好生态。儿时这种景象真让人留恋不舍。

现在的鱼也好钓，要专找有主承包的养鱼塘里去钓。鱼也会愿者上钩，但需要向承包者付钱为鱼“赎身”，其趣其味已索然无存。

昔日的娃现在成了翁，“娃钓乐”已成过去，今日翁还能钓什么，要钓只有“沽名钓誉”之嫌了。

八十老者姜尚在商代末期，他用无钩无饵的杆线垂钓，乐趣是“愿者上钩”，但他钓的不是鱼而是人，他钓到了王侯“大鱼”周文王姬昌，而后又帮周武王灭了商建立周朝，被封于齐，建立了功业。

现在，我这个八十老者只想钓儿时的“娃钓乐”，只想钓儿时“草丰水美鱼肥味儿鲜”，只想钓子子孙孙所期望所赖以生存的青山绿水……

2020年9月8日于南京

我的牛爸爸

在夏季水稻生长拔节分蘖的时期，需水量特别大，需要用牛不停拉着龙骨水车，给水稻田戽水灌溉。

龙骨水车有多人扶着横木杆用双脚踩的，也有牛拉的。牛拉的龙骨水车是由竖轴支撑的装有木齿轮的大圆盘（牛车），带动装有木齿轮横轴的龙骨水车旋转，不停地戽水到小水渠，再分灌到各家的水田里。一头牛拉水车可抵上好几个劳力踩水车，而且牛几乎可以不休息。这种牛拉龙骨水车，是元末明初由萧山农民单俊良发明制作的，他利用木齿轮大转盘带动木齿轮小转轴这一杠杆原理，很省劲见实效，受到明太祖嘉许，并下诏书在南方推广。

在牛车处，还盖有亭棚，夏天牛和人在里面晒不到太阳。

一个星期天的早晨，爸爸就安排我赶牛拉车。他给“牛八八”套了牛轭，让我坐在牛车大转盘上，乘着荫凉，一边赶牛，一边给牛车水车的转轴上润滑油。我十分轻松，但牛十分辛苦。我扬鞭喊着：“牛八八，快走，别偷懒！”“喂，你喊谁爸爸？”我一看是同村同年的小学同学小胖子来了。他一来就挨着我坐到牛车的大转盘上。我回说我喊我家的牛啊，我让他看牛的一对牛角一对牛耳是不是像两个八字，所以喊我家牛叫“牛八八”。他一看说果真是，但又说听着你喊的是“牛爸爸”。我说不错，喊牛爸爸也可以。妈妈是生你奶你烧饭给你吃的人，爸爸是种田打粮给全家人吃饱饭的人。我家种田打粮的靠我爸爸，还要靠我家这头牛，我爸靠牛耕田、耙田、拉牛车、踩草塘泥，没有牛帮忙，我爸爸力气再大也是不行的，所以“牛八八就好似胜似我的爸爸”。小胖子连连说对对，难怪他家爸妈常念道：“家里有头牛，耕田不用愁。肩负千斤担，汗水庆丰收。”

突然天空乌云密布，天要下雨了。像前几天一样，每天都要打着响雷下一阵暴雨，这对水稻生长特别好。这时，我大妹妹提着满满一篮青草，慌张地向牛车亭棚跑来避雨，接着一群村里的小孩也都一齐奔跑过来。下雨了，我把牛停歇下来，卸下牛轭，让大妹妹给牛喂她割来的青草，并招呼小朋友围坐在牛车的大转盘上。雨越下越大，闪电响雷让大家惊呼不已。忽然，小胖子领头吟诵一首顺口溜，大家一齐跟着：

“一天一个暴，稻禾洗个澡，牛儿松松套，农人笑弯了腰。一天一个暴，甘露作肥料，炸雷震天响，禾稻茁壮拔节高。一天一个暴，牛卖力人辛劳，天欲帮忙酬勤劳，只盼秋收得回报。”

小伙伴们在雷雨声中，把顺口溜吟诵了一遍又一遍，热闹了好一阵子。吟诵完了，雨停天晴了，大家各自回家了。

当年确实是个丰收年，秋季水稻高产，加上夏季收成也不错，真是人不亏地，地不负人呵。这靠的就是人力和畜力，人力加畜力可以增地力，增肥力，再加上天帮忙，可以增产增收，吃饱肚子，养活全家了。

上述就是我这个农家孩子小时候所熟知的农耕生活，所感悟的农耕文化，所难以忘怀的田园牧歌，所难以绝响的儿伴童谣。但是，所有这些现在都没有了。

2020年11月2日，写于南京，发表于“人民作家”公众号1588期（节选）

我忘怀不了的父亲

父亲53岁那年得了胃癌，开刀十个月后死了。我眼睁睁地看着他躺在床上，上气不接下气地停止了呼吸，像睡着了似的走了。这一幕情景，我终生难忘。

我父亲是勤劳、聪明、寡言的苏南农民，他要养活我们兄妹八个，并供上学读书，就得起早贪黑不停地在田地里干活，还心灵手巧地学会了木匠、泥瓦匠这些手艺，挣些份外钱，以补家用和支付一笔笔支出。

父亲的木匠、泥瓦匠手艺越干越好，从农村干到了城市里，并参加了建筑队，挣的钱比原来的多，见多眼宽，心气高，比村里人露脸。

有一次父亲从常州城里回家，交给母亲一笔工钱，并给她买了上衣和球裤，让母亲试穿，合身漂亮，母亲高兴得合不拢嘴，只是说为什么不给孩子买衣服。父亲说你买布给他们做不就是了。

父亲在外干活的时间多了，人也十分辛苦，晒得黑黝黝的。田里的活除了耕田耙地的重活由父亲干外，其余的农活都落在母亲身上，还要照顾几个孩子，干缝缝补补的家务活，也累坏了。

父母刚生了我这个头胎儿子，喜得不得了。每天忙完了农活的闲暇时刻，父亲抱着我站着与村头的一群邻居闲聊，不时有胡子扎扎的伯伯叔叔来我脸上亲了一下，我被胡子扎得哭了，但父亲与大家一起笑得十分开心。以后，每二至三年我就有了一个又一个妹妹或弟弟，那时没有计划生育措施，无法节制，直到兄妹共有8人。实在生活困难时，有一年，父母将一个一岁多的妹妹送了人家。时隔两年后，我陪母亲专门去看望过这个妹妹。母亲流着骨肉分离的泪水，远看着我这妹妹用竹竿赶着几只鸡的场景。

送走一个妹妹，父母负担轻了些，但生活仍然十分艰苦，一日三餐多喝稀粥，勉强果腹，衣服老大穿了老二穿，老二穿破了缝缝补补给老三穿，多亏老爸在外做泥瓦匠能挣些钱，还能让我们兄妹轮番在新年添件新衣服。

我们一家人基本不生病，但有一年村上流行急性脑膜炎，我五妹传染上了，无钱医治，只能在家躺着，听天由命。我母亲就请外公（祖传中医）开些中草药煎水喝，五妹吃了没多久，病竟然就好了。

从此，我父母从我外公那里学到了中草药秘方、针灸和治被蛇咬等病症的中医术，真还帮助了许多村里人。

父母好不容易把我们一个个子女养大，读书识字。我高中毕业考取了师范大学，读书不要钱还发助学金和零用钱，四年毕业后当了县中教师，头月领工资留下生活费，我把钱全部交给了母亲，还给父亲买了几包好的香烟，父母第一次见到有儿子这样孝顺，开心得了不得。父亲舍不得地开了一包取出一支烟，我给他点着，我借着火柴光见他眼里含着泪珠。他从未买过香烟，抽的是自家种的烟叶或自制的烟卷，而今抽儿子买的香烟，激动地幸福地流泪。我在屋外听母亲对父亲说：“儿子的钱得花在子女身上，要用这钱供他弟弟妹妹读书，除此以外要给儿子留存着为他今后娶亲办大事用。”爸说：“好，好！”

父母如此高兴，我要好好工作，报答父母的恩情，帮助弟妹读书。但这样好的光景不到三年，父亲生病，卧床不起了，托了他在上海工作的二妹妹，我的二姑妈到上海第六医院就医。一查，出了病情报告单，是胃贲门癌，这等宣判了死刑，我强忍悲痛，签字给父亲开刀。开刀很成功，只是病已到晚期。我们住不起医院，拆线后就出医院回家休养，欠下了一笔医疗费，我花了三年还清了。

父亲刚回家精神状态不错，吃睡很正常，他很想干活。我们全家人都不让他拿农具下地，只让他好好休息调养身体。几个月后的一天，他伸出手让我妈妈看，手上老茧和开裂没有了，一双松树皮样粗糙的手，变成白净净柔软光滑的手。父亲说："这哪里是我的手，是教书先生的手啊！"一场病真让父亲脱胎换骨，变白了，瘦小无力了，身无一团团肌肉了。父亲眼看一大家子，无力肩负担子，很失落，很伤心，流泪不止。

对父亲的病情，我始终未能对他说，只说是胃溃疡，开了刀就会好的，他也信，只盼着痊愈的那一天。不到半年，父亲的病情再次扩散，连饭也吞咽不下，只能喝稀粥和水，还不时地往外吐。他眼看着我们兄妹们吃饭狼虎咽的情景，十分羡慕，他说："看你们吃饭真香，我要能像你们那样吃饭就好了。"我们只得说，过一阵子就会好的，别急。实际上我急得忍住不哭，心想这癌细胞为什么将辛劳一生的父亲连吃饭的权利机会都剥夺了，太残忍！这期间，我们只得请村医给父亲注射葡萄糖，维持生命。

这样，勉强维持了一段时间，人已瘦得皮包骨头，失去了人样，他已再也不像我原来的父亲。母亲泪水已干，眼睛无神，失去了希望。我和母亲轮流着守着父亲，我一看父亲又昏迷过去了，我马上去喊来村医赶急给父亲注射葡萄糖，他马上清醒有了精神，时间一过，人又昏昏欲睡，接着就一口气接着一口气地沉睡过去，直到停止呼吸。父亲像一盏耗尽最后一滴油的灯，熄灭了。我和母亲眼睁睁地看着父亲离开了，他永远地走了！

在父亲百年冥寿那一年清明，我们兄妹齐集祭扫，深情感恩父亲养育之情。我不时地会梦见父亲的身影笑容，随着年暮梦见越频。梦见梦醒，成了穿越的隧道。

父亲是个文盲，我是个大学生，父亲是个农村种田的农民，我是个在大城市上班的国家工作人员，父亲是凭气力种田打粮过活的人，我是靠国家发工资吃皇粮的人。我们两者间隔很大很远，但我们间的血脉亲情、养育恩情割不断，分不开，牢牢相连。

父亲永远地走了，我永远地怀念父亲！

2016年4月初稿，2022年4月15日修改于南京

难忘儿时暖心的茅草屋

我爷爷辈有四兄弟，父辈也是四兄弟。按俗称，男孩生得多应是多子多福，但是几经成家分家后，曾祖父殷实的家产分到爷爷辈，每家只有二间房，每家三亩多田和些旱地，到了父辈再分家，家境越来越穷了。

我父亲结婚成家后，只能在爷爷家屋后盖了一间加一拖的茅草屋。在父亲和母亲加舅舅的帮忙下，用夹板填土加草夯实围了墙，用树干树枝架了梁，用竹子加茅草盖好了屋顶，为了采光，在四周墙上留空，在屋顶上也留空，装上玻璃。这样草屋盖成了，它冬暖夏凉，也能见到明亮。母亲在草屋生下了我。我生在草屋，长在草屋，嬉戏在草屋，草屋给我童年留下了难忘的情怀。

茅草屋盖在一片竹园前，高高的竹子将茅草屋后墙围起，起了挡风作用，屋前一块空地，可以晒太阳。母亲在这温暖的小天地里给我喂奶喂饭，抱着拍着唱着儿歌让我睡觉，我渐渐长大，会走会跑了，让母亲十分欣喜疼爱。

爸爸还给我抱回了一只小黄狗，让我欢喜不已，我有了小玩伴，时间不长就亲昵得分不开。我给它起了个名叫黄飞，因为它一身金黄色毛，跑起来快得像飞一样。喊一声“黄飞”，它很远地就飞跑过来，我把鞋子甩出去，它马上就给我衔回来。它真懂事通人性，真贴心。我把爱心全放在黄飞身上，就像妈妈爸爸把爱心全放在我这个头生子身上一样。

春天到了，竹园里春笋一接一个冒出了头，长得好快，头天齐脚背，第二天就到膝盖处，一天要长一到二尺。有两天天下雨，未到竹林去看，第三天天晴了，去竹林看原来那棵笋竟然长了一人多高，比大人还高，我仰头才能望到笋尖。我惊讶不已。我问爸竹笋为何长那么快，爸说："雨后春笋啊，春雨贵如油啊，那笋当然就长得快啰！"接着妈妈说："今天挖笋吃，吃了就很快长个头，好吗？"我说："好，我多吃点，快长个，长得比爸还高，好帮大人做事。"

天热了，我的狗狗张着嘴伸着舌头喘气，知了在竹园边上一棵树上不停地叫唤"知了，知了"，更增加了烦躁和不安。"妈妈，我想把知了赶走，或把它抓住，太吵人了！"正在烧饭的妈对我说："等会儿教你。"妈烧好了饭，她用刀砍了一棵竹子，在竹竿顶上用篾按了竹圈，她要我用竹圈去绕上蛛网，然后去粘知了就可成了。我到处去找蜘蛛网，并用它去粘，结果蛛网粘住知了的翅膀，抓住它了，用线扣牢，我好高兴，但它还不停地叫，但叫声不一样了。

正当我高兴时，住在相隔一里地的西大亭的小舅舅掮着用装面粉的长白布口袋装了两只大西瓜来了。我喊着："妈妈，小舅舅送大西瓜来了，有西瓜吃了！"我喊着："舅舅，剖西瓜吃瓜！"妈妈关照着给她的弟弟打水洗脸，让坐下歇歇，同时洗了西瓜切成好几份，让大家吃。我说："好甜，好凉爽，谢谢舅舅！"

舅舅说："看你高兴的，玩什么了？"我说："我抓到知了，你看。"并指着用线扣着的知了。读中学的舅舅看着知了说："知了也叫蝉，它现在能飞，歇在树上叫唤，却只能活三个月，但它在地下能活三到五年，靠吃树根汁生活。"接着他指着地面上一个小圆洞和树上的一个蝉壳说，这是它从地下爬到地上的洞和脱去的蝉壳。"啊，不知道，噢，知道了，真长知识，舅舅！"

天，一天天凉下来。父母将旱地里收获的并晒干了的谷物往家里搬，黄豆、花生、芝麻放得到处都是。香的好吃的东西多了，家里的老鼠也多了，到处乱窜，它不怕人，我却怕得不行。有一天我的狗狗黄飞在墙角逮到一只大老鼠，真为我解了气。妈说“狗逮耗子多管闲事，对，抓老鼠本是猫不是狗，应该马上养只猫”。隔了两天，妈抱回了一只小黑猫养着，一天天长大。夜里都看不见它，只看到它两只闪亮的眼球，老鼠不声不响，家里安静了，可睡安稳觉了。第二天一早，我刚醒睁开眼，从天窗透亮处的搁层上，朦胧看到一条大蛇嘴上吞着一只老鼠，游动着，沿着屋顶与土墙的间隙，向草屋外竹林中去。我吓坏了，大喊：“蛇，大蛇，家里有蛇啊！”妈跑来，也看到吃鼠的蛇了，被吃的老鼠只剩下细细一条尾巴。妈抱着我：“不怕，这是家蛇，它帮我们家捉老鼠，你不是属蛇吗，还怕什么呀！”我一想，是呀属蛇的，我为什么要怕，心里气壮了不少。

天下雪了，一群群麻雀飞来竹林，落到竹园地上，在落叶中找食吃。不干农活的爸妈也都歇在家里，看到这情景，爸对我说去抓麻雀，并告诉我应该怎么做。我照说的去家里拿了一个圆竹匾，匾下面撒了稻谷，用一段竹竿支撑着匾，竹竿上系上细绳拉到家门口，大家在家看着等着。饿极了的麻雀一只只都赶去吃匾下的稻谷，我一拉绳，麻雀被罩在圆匾中，爸妈帮助用网兜兜住抬起的圆匾的开口处，将麻雀一只只抓住了，放进爸爸用竹子做好的竹笼中，一数共有5只麻雀，它们活蹦乱跳，让我开心不已。见此，在一旁的父母更加乐不可支。

后来，妈妈又生下大妹、二妹，人多拥挤在一间草屋，实在住不下了。在外公的关照支援下，父母在祖辈老房址前紧靠水塘旁，盖起了三间空斗砖墙，屋顶半瓦半草的新房，全家搬进新房，宽敞多了。但我仍然魂牵梦绕原来的小草屋。

在那间小草屋，我在那生那长那嬉戏的地方，还有屋前的一块空场子，屋后那片竹林，一年春夏秋冬四季都有故事的岁月，给我留下了抹不去的难忘的印记、难忘的情怀。

一间小草屋，虽然小拥挤，它是父辈的根基，是我辈的根本。它确实是小，但它聚气，人气兴旺，它聚情，亲情浓浓，它聚心，心心相印，它聚财，辈辈相续。

新中国成立后，翻身了，生活一年好过一年。父辈住上了像样的瓦房，我辈均住上了楼房，孙辈也住上了别墅……

但我仍然，仍然，心仪儿时暖心的那一间小草屋！

插秧

我是苏南农村的孩子，对农耕社会生活熟悉。父母亲生我们兄弟姐妹八人，靠祖传的两亩田地养不活全家人，只能勤劳俭朴，租种田地，并经常外出帮工。父母亲勤劳肯吃苦，聪明会动脑筋。他们是种田能手，样样农活都能拿得起做榜样，全村人都夸奖他们。

苏南是一片大平原，水田多，连成片。大户地主老财在耕种插秧时节为了抢农时季节，都招很多帮工，派他的管家张罗选招耕翻土地、平整水田的老把式，特别要招插秧能人快手，而且通过“赛插秧”办法选招。我爸妈也被吸纳参加“赛插秧”活动，如果被选中，留用时日长，工钱高，还有奖钱。

我爸妈插秧嘴中有口诀，手中有绝招。口诀：左右二跨下二，左右退一稳步迈，左捻分右扦插，横竖排立形成行。绝招：瞄前顾后一线牵，左右开弓不断线，来来回回快如飞，秧苗落地绿成片。这真是：脸朝黄土背朝天，弓腰弯腿撅屁股，脚跟向后只是腿，倒施逆行迈向前。

地主老财在本村东南一方水田中，选了五块紧靠在一起已耕耘好的、面积两亩的水田，预选了五对夫妇，并由他们抽勾选田块，进行插秧比赛，比速度、比质量，对前三名给予一二三等奖。当地主的总管家敲响开赛鼓后，五对夫妇立即齐齐动手拿起均匀抛撒在田中的秧把插秧。每块田头都有监工察看每对夫妇插秧的进度质量，看秧苗扦插竖立状况，看横竖间隔，看横竖是否成行。

我父母亲抽到在靠大路边一块田里插秧，看的人多，吆喝声多而杂。他俩下手很快，只见他俩从左至右，左插二株，跨下插二株，右插二株，共六株，然后不是再从左至右，而是直接从右至左连续插过来，又从左至右再插过来，左右开弓，无一点间隙时间，插得飞快，而且左右手分工明确，配合衔接自由自然，左手握秧捻分，右手接着用食指、中指扦插入土（而不是再加大拇指三指扦插，防止窝宕使秧苗立不住）。而且手脚配合稳定，随着左右扦插，右左脚挪动后移一脚掌，稳步进退，加上瞄前顾后三点一线校正，确保秧苗在一条直线上，不扭曲走样。田头的监工看了直点头，旁观者高声吆喝：好，能手，并纷纷竖起大拇指称赞。有人称赞说：这样笔直等间距的秧行，今后用“鸟头”（一种带铁钯齿农具）耘趟，来来回回，不会碰到秧株，伤到稻棵。一会儿，一趟秧已插完，接着第二趟开插，而其他四家尚未插完一趟秧。

父母亲一直弯着腰插秧，不到一个上午，终于插完了整个田块。他们伸直了腰身，长长地舒了一口气。其他人家也相继接二连三地栽插完了，最后两家拖过午饭时间才勉强插完。一片黄泥浆水田被绿色秧苗铺盖了。经过几个监工的查看合议，一二三等奖被评出，我爸妈一家为第一名，第二三名也被评出。地主的总管家当场公开了奖金：五家全给优等工钱，在此基础上，第一名给两倍半工钱，第二名给两倍工线，第三名给一倍半工线。参赛的五家人与在场人掌声和吆喝声一起响起来，十分热闹，东家也作揖感谢大家，感谢参赛人付出的辛劳。

这次插秧赛很新奇很新鲜，也很轰动，影响了整个村子，也传到了邻村。出这个新奇点子的是大财主的叔叔，此人在县城办工厂，他借工厂计件计时管理方式，移用到农村插秧中来搞起了竞赛，很能激发起参赛者的潜能、主动性和积极性。

其实这半天五户参赛人干的活抵得上二整天干的活。其实质是用工者用此方式最大限度地搜刮被用工者的体力，搜刮被用工者的技能和智力，特别是对其中的行家里手、工匠农匠，是最聪明地搜刮和高水平地剥削劳动价值，而参赛者一点不觉得被利用，且高兴得到了奖励。

应当承认在一家一户经营的农耕社会里，练就了一代代从农专业户，练就了一辈辈耕种能手、播种插秧能手、田间管理能手，他们精耕细作、精细管理，积累了一整套农耕社会经营运作经验，流传久远。

但是，新中国成立后经土改合作化以至改革开放，一家一户农耕社会体制和运作方式被彻底打破，一代代新农人替代上一辈老农人，世间面貌全改了。过去被欣赏的能人逐渐被遗忘，逐渐被工具、机械、智能机器、智能机器人所替代。过去老农民凭敏锐眼光和经验就能栽插笔直的秧苗，后来年轻农人凭一根尼龙绳一拉，个个都能栽插笔直秧苗；再以后不用人栽插，用机器栽插秧苗了；以往田间耘趟除草管理由老农冒高着高温酷暑作业，以后播撒除草剂就成了；再以后……

展望未来，变化巨大，前程似锦，让人目不暇接，回想以往，美好记忆，接二连三，回味无穷无尽。现在人老了，我宁愿生活在回忆中，徜徉在以往岁月中，仔细翻阅生龙活虎的一页又一页。我仿佛又见到了父母，又见到了身手不凡的父母在赛插秧时的身影，见到了不赛农活时乡邻互帮互助的情景，多么美好，多么令人向往。

两位好朋友

溧水县山区和风乡党委赵书记是个老书记，对当地的情况了然于心，一本清账。他常对外介绍，和风乡物产丰富，有“三头”：木头、石头（石灰石）、猪头，用这“三头”办了木材加工厂，办了水利厂，办了屠宰厂，产出供不应求，生意兴隆，经济发展，令人向往，自满自足，自鸣得意。

1978年的一天，友邻的新桥乡新上任一位年轻的陈书记，主动上门拜访请教。他是位大学生，血气方刚，满脸春色，他当过县中教师，教过自己的儿子。两人见面，说过客套话后，他主动亮明来访意图，是来向有丰富经验的赵书记讨教学习，如何当好书记，把一个乡搞好。

赵书记见他是个不足三十岁的年轻小伙，也毫无顾忌地说了一通，什么书记工作要以经济发展为中心，联系我乡实际就是以“石头、木头、猪头”为特色，把工业、农业、副业都发展起来，全乡兴旺发达，工作就抓起来全乡就搞好了。陈书记听了连连点头称是，深表谢意致敬。

到了当年的年底，新桥乡搞起了包产到户，分田单干了，农户喜气洋洋，欢庆秋季大丰收呢。赵书记一听，失惊地自言自语地说：“陈书记你这小子搞倒退，搞单干，这是方向道路的大问题啊！”

县委召开乡镇党委书记和部门负责人会议，布置年终总结和明年工作规划，要求参加会议的逐个汇报。赵书记是个快言快语的老书记，抢先发言。汇报了以“三头”为特色的山区经济发展显著成效，以及明年工作打算。强调说要坚定“三级所有、队为基础”的体制，巩固发展好农村集体经济。现在安徽吹来一股单干风，我们有的乡跟风跑，也搞包产到户，这是个方向路线的大是大非问题，我们要重视，要警惕。赵书记没有点名，但指的是年轻的陈书记。

被激的陈书记只得接着汇报发言。他说年轻人干了乡党委书记没经验，只能虚心向有丰富经验的老书记学习，上门拜访赵书记，向他专门讨教过，受益匪浅。我要继续向在座的同仁们学习，向实践学习，解放思想，大胆试，勇敢闯，开辟新天地。最近，在一个生产队尝试家庭联产承包责任制的做法，调动起了农户积极性，秋熟喜获丰收。这可能动了过去的体制，会带来方向路线问题，但事实证明同样的天地同样的人，显著增产丰收了，实践证明了，这是真理，符合邓小平的“猫论”，在此特向县委领导汇报。

陈书记发言，让赵书记的脸面无处搁，也让全场人惊在那儿，看县委书记怎么办，怎么表态。

县委书记接茬说，这是个新的问题，党的十一届三中全会刚刚召开，会议文件公布后，我们要认真学习领会会议文件精神。对赵书记反映的问题和陈书记所搞的试验，县委将派人去调查，弄清情况汇报后再说。他要求其他人继续汇报发言。

接着发言，大都是赵书记的风格，很少有陈书记的新潮语调，这使赵书记感到十分安慰顺气。

在这次乡镇书记部门负责人会后，县委果真派了一个工作组下到陈书记这乡进行了专题调查并上报了报告。县委给陈书记这个乡党委批复，暂停试验给予纠正，并转发各乡各部门。

赵书记看到县委这个批复，格外舒心，十分欣赏自己在方向路线问题上的坚定性原则性。回想起自参加工作以来所经历从单干、互助组到合作社，最后才好不容易形成“队为基础、三级所有”的体制的探索过程，心想着一定要坚持巩固，越想越有坚定的信心和气概。

陈书记接到县委的批复后，只是将试验暂停了，并未予以纠正。他想停一停看一看想一想再说。但是包产到户让农户看到了收益，调动了农户无比的积极性创造性，“队为基础、三级所有”的体制守不住了。实际上陈书记的试验不但纠正不了也停不下来，它逐渐被仿效扩大，甚至蔓延到了自己那个乡。

赵书记气急败坏，又上告到县委，说这是资本主义复辟，一夜回到了新中国成立前，要求县委采取果断措施。县委在此时此事面前也没有了主意，因为县委班子成员间意见不一致。

在农村改革风起云涌之际，地委召开了三级干部会，学习十一届三中全会文件，解放思想，实事求是，统一思想。地委书记首先作动员报告，通报了到各地调研的情况，要求各县、各单位认识组织讨论，畅谈了农村改革的实效和想法……

师生情深难忘怀

"文革"前两年，我从南京师范学院（今南京师范大学）毕业后，被分配到溧水县中学任政治教师，并兼高一一个班的班主任，开始了我的教师生涯。刚开始，比起有经验的老教师，我只能算是个愣头青，要从实践中脚踏实地学习摸索。与高中学生相比，我只比高一学生大四五岁，差不多都是个年轻人，要得到学生尊重比较难，得靠自己努力。但在学生眼中，对大学毕业生而且是师范学院毕业的大学生学业水平还是很看重的。我当时是个单身青年，第一着就是把自己的铺盖从教师宿舍搬到了所在班学生宿舍，与学生同住宿，朝夕相处。刚开始相互间有些拘束，渐渐地就自然熟悉，久而久之就打成一片了。见面打招呼拉家常，按时熄灯就寝起床晨练，关系越来越融洽。在相处的过程中，我逐个了解每个学生的学习情况、品行个性和家庭情况，很便于做好班主任应做的工作，学生也很愿意向我反映情况，征得我的帮助。班上有一个担任班长的男学生，他学习成绩很优秀，但主动关心团结带动同学不够，同学们有意见。他同我同宿舍，而且是上下床铺，我随时与他谈心沟通，鼓励他，指出在自己学习好的同时要主动帮助需要帮助的同学一起向前，并提供几种方式方法供他参考。这个学生很聪明，很快领悟，他说自己知道怎么做了。他主动邀几个成绩好的同学成立学习讨论小组，并由这个小组成员分别再成立学习讨论小组，通过学习讨论小组的方式帮助带动全班同学一道前进，逐渐形成了这个班的好风气。整个班同学学习成绩平稳上升，团结友爱氛围很浓，同学对班长有了很好的认同感，班长对同学友情也更深一层。我也经常参加小组讨论活动，与该班学生融为一体。

班上还有一个农村的女学生，学习成绩一直很好，我看她忽然精神不振，愁眉苦脸。我问她什么原因，她刚开始不肯说。经我再三询问后她被感动了，主动向我透露说出缘由，家里父母都有病，生活困难，要她休学回家帮忙干活。我说一个农村孩子考上县中来上学不易，不能轻易放弃，有困难想办法克服，要为自己的前途和父母的将来考虑。我选了个星期天，约了两个男同学陪该同学一大早赶路去她家家访。见了她父母，说明了来意。她父亲说，上学的不止她一个，下面还有两个弟弟三个妹妹，都在上初中小学，负担太重，干活没有大一点小孩帮忙，读了书后不一定能帮上忙。我动员他父母克服困难，支持女儿上完高中，她成绩优秀，争取考上大学，今后有个好工作，这样才能给你们父母给弟弟妹妹帮上大忙。同去的同学也说她的学习成绩是我们的学习榜样，我们舍不得她就这样不上学而休学退学，这太可惜了。她父母听说后有了反应，对我说，女孩子读到初中就不错了，再读完高中能上大学能够有个工作？我说你们父母不要小看女儿，你这个女儿比男儿还强，要有信心。她父母笑了，女儿与我同去的师生都会心地笑了。还有个同宿舍的男同学，平时换洗衣服还算可以自理，但要自己洗被套就困难了，一般就花点钱送去请人洗。有一次他决心自己动手洗被套。那时期的被套分为被里和被面，要用针线将被里被面封在被胎上。他先将干净被套换下脏被套，并将脏被套用洗衣粉浸泡在脸盆里，往床底一推，想等等再洗。由于课务重作业多，他将此事忘了，到第四天中饭后回宿舍后才猛地想起来，拿出来一看花被面子千疮百孔，凡是有印花的地方都烂掉了。该学生懊恼透了，他不知道如何向母亲交代。我知道了，给他买了同花样同尺寸的被面给他换上，说花的钱是我借你的，该学生十分感激。有一年，国家在高中生中招收飞行员，对应征报名的学生进行一道道严格的体检和政审。在我负责的班上有一个学生体检和政审都合格了，最后被召收为飞行员。在入伍前，我们全班同学为他开了欢送会。我在会上说，该同学不仅应征当兵，而且当上了空军，既是该同学和他全家人的荣耀骄傲，也是我班我校的荣耀骄傲，我们要向他学习，学习他德智体美全面发展，时刻准备着接受祖国的召唤和挑选。该同学激动得说不出话，哭了。全体同学都争着发言表达心声，这一幕师生情和对祖国的情，永远印刻在大家记忆中。时隔不久，我离开了溧水县中，调到县委宣传部，后来“文革”开始了，随后我又被调到晶桥乡，区划调整后被调到南京市委宣传部，最后到市文化局直至退休。回顾一生经历，难以忘怀的是师生情。虽然在那时没有手机，电话也难得打一个，信息联系情感联络只能是人与人面对面。但溧中几年师生朝夕相处中，一件件，一幕幕，点点滴滴，日积月累，情感越来越深厚，去不掉，忘不了，这是人世间的真挚友情。

这师生情深这一幕，在我任市文化局长第二年又重现了。那是一个春暖花开的季节，还是我任班主任的那个班的学生，相约一起到南京，找到市文化局来看我了。师生相见相会，欢声笑语，沉浸在深厚的情谊中，大伙儿心里乐开了花。虽然聚会的学生不齐，但到场的说笑个不停，问询个不止。我问一个个到场学生的高中毕业后的情况，回答是：有的找到了工作，有的还在待业，有的种田务农。问到未到场的同学，得到回答是：有的考上大学安排了工作，有的参军晋升军官，有的当了老师，教书育人。我说不管干什么工作什么职业什么岗位，都要尽责尽力为人民服务，为建设祖国效力，没有高低贵贱之分。谢谢同学们不忘师生之情，相约来看望我这个班主任，由衷感到欣慰。我安排学生们在南京参观景点，安排聚餐，相互间有说不完的话，叙不完的情，其乐融融，情谊深深。学生在离开南京告别时，借用一首诗赠送给了我，诗曰：春满江山绿满园，桃李争春露笑颜。东南西北春常在，唯有师恩在心间。这首诗，又一次煽起了师生间依依惜别之情！

2022年12月5日写于南京

乐融融聚会聚餐的老友们

欢度了春节假期，又过了正月十五，肚子里的油水耗得差不多了，又得开始聚会聚餐了。

这次轮到了老李做东，她主动向群主提议并提前十天向群里老友发了某时某地聚会的预告。接到通知的老友们，一下子就按捺不住激动的心境，开始波动起来，期待着相聚相会的日子。按理说，这群老友自退休后坚持定期（一般间隔二个月左右）聚会已有近20年的时日，不会一提到聚会就那么有兴头，但他们已成习惯，聚会成了热切盼头。

这次做东的老李不知是多少次做东了，每次做东她都要拿出做东姿态，尽量尽力周到热情细致，不能亏了各位老友，失了面子。老李也仔细盘算过，做一次东花二千元左右，接下来我就凭这就吃人家的啦，要一直吃完十几家，吃二年，又吃回来了，又才轮到自己。这太合算了，况且，每次都有这么多好友相陪，乐乐呵呵的有说不完的话，太好啦。

我们这群老友到龄了从各自岗位上退下，因工作关系建立了相对固定的关系而形成了轮流做东的饭局，排好了队，周而复始，乐在其中。

聚会，首当其冲的是聚餐，首要的是吃，民以食为天嘛。当然吃不仅仅是为了吃饱饭，而且要吃好，要解馋，要有酒有肉有好菜肴，荤素搭配，讲究营养。所以聚餐不是邀大家居家吃家常便饭，而要选择适中的饭店，点菜，带上酒，招待各位老友，使其尽兴而归，才是待客之道。

但是聚餐不是聚酒酗酒，如此便会醉酒伤人出事故，因此我们约法三章，能喝便喝，不能喝不喝，叫作“敬酒不劝酒，余酒瓶中留”。

“七十不留宿，八十不留餐，九十不留坐”。上了年纪的老友要依据民间习俗、自己年龄和健康状况，自主决定是否参加聚会聚餐，即使要参加也必须家人陪同，打车往返，或有老友帮助，不得勉强任性。

聚会，也是聚话，进行话聊，交流信息，交流友情。有全盘交流，有三三两两的交流，有说不完的话，有聊不完的天，这种话聊一扫单门独户、无人问津的孤独，浓浓的友情团聚气氛使人生活泼精彩。但说话不是信口开河，要坚持正能量，严守政治纪律。

聚会，聚乐，聚快乐，聚欢乐，其乐融融。

“老李，你节后的第一餐很丰盛，但话聊不够，既要吃好，也要说好，做到心悦诚服、心情愉悦才行，说一说笑一笑十年少。老李，你请客优先，你先说。”八十多岁的老张打破吃饭的平静，先声夺人开腔说话，众人齐声响应：“好，老李先说！”

老李应道：“我想想，动动脑子，好，说个笑话。

一个私塾先生，一个杀猪的，一个二流子，坐到一起要喝酒，先生说喝酒得先要说顺口溜，说顺口了才能喝酒，否则不行。杀猪的说同意，二流子翻白眼，但他馋酒只得点头同意。原先先生与杀猪的一个出酒一个备肉（猪下水），酒肉两朋友吃得好好的，后来了个吃白食的，因此商量好对付二流子的办法。

先生先说，我是握笔写字的，我笔头子尖尖，笔杆子圆圆，写了大字小字万万千千千万，让我写离婚契不干。接着杀猪的说，我是屠夫，我刀头子尖尖，刀把子圆圆，大猪肥猪杀了万万千千千万，让我杀人不干。轮到了二流子了，他急得只瞪眼，盯着筷子酒杯流口水，急中生智说，我是吃白食的，我筷头子尖尖酒怀圆圆，吃了大小酒席万万千千千万，让我付钱不干。也对上了，先生只好同意让二流子坐下喝酒！”

坐在老李对面的老王说：“笑死人了，好笑归好笑，但今天的账还是你来付噢！”

老李说：“这当然，当然！”

接着，坐在老李左边的老姚说：“吃着佳肴喝着美酒，聊着天南地北、奇文逸事，好不舒畅。但是大家知不知道，真正的聊天祖宗是清代的著名文学家小说家蒲松龄，他擅长找朋友聊天说故事，写成了谈狐说鬼的《聊斋志异》小说，而我们在此聊天，虽不能写书出小说，但可以畅开心怀、延年益寿啊。”

坐在老李右边的老赵说：“专家认为，老年人经常聚在一起闲聊是推迟大脑衰老增添活力的有益方法，俗话说脑子越用越灵。听有人当众说过的话，说过的某人某事某理，而且有人问过争过议论过，那留给你的印象就深，理解就深，记忆也深，特别是在人多的场合，在人气旺、气场强、氛围浓的场合，你处在兴奋活跃的状态，你接受能力格外强。专家指出，这是生理学中生动的一堂课。”

近九十的冯老说：“吃吃喝喝是物质享受，而说说笑笑，进行话聊却是精神享受。另外，我们是一个微信群里的群友，更可随时随地进行海阔天空的网聊，虽然不是面对面，是在虚拟世界，却更自由了。我们可以谈吃喝，讲养生锻炼，聊书法绘画，聊音乐舞蹈等等。年纪大了，宅在家里孤独余生会折寿，要多出门，常会友，与亲朋聊天，逼得你多动手动脚，更是动脑思考开口说话，说人家赞许的话，就会活出精彩，活出个人样！”

坐在冯老右边的老金说：“就说轮流做东来说吧，这也不是一件容易的事，轮着谁都要当回事，想这想那，静不下心来，脑子动作不息。头一次，我在家备菜备饭，连老伴小孩都齐上阵，但到头来，大家都来做客了，一致被我家的热情好客所感动，但对菜品感觉不佳。事后，冯老还写诗作弄：胡乱搭配，食之无味，弃之可惜，只待下回。下回，我学乖了，直接选择饭店订餐了，我体面了，也省事了。那次做东，真让我动起来了，动得好苦，吃力不讨好。但现在我懂得了，大家到饭店吃饭，直接拉动消费，促进经济增长，是作贡献哪！”

与老金坐在一起的老陈接他的话说：“说到做东这件事，想想都开心舒心，谁做东都不难，都爽快，因为大家都有养老金，而这钱每月有人按时发给你，打到你养老金卡上，一分不少，每年还给你增加，这个人不是子女，子女做不到，而是共产党，是恩人哪，想想做梦都要笑醒。当然，我们除了拿钱做东，还会拿钱做善事，为救灾扶贫帮困捐款，是共产党党员的还交特殊党费。做这些事，比聚餐做东更值得，还快乐。”

与老陈坐在一起的老钱说：“这两年因疫情我们这班人聚会聚餐少了，党坚持人民至上、生命至上，而我们也要坚决按通告按规定办事，决不能出格添乱，就是允许聚会，也要注意防护，使用公筷。”

大家齐声说：“老钱你说得对，说得极是，要坚持这样做才对！”

“下次轮到老刘作东了，这次我们应该好好感谢老李，下次我们期待着老刘了，做好准备，届时如疫情稳定的话，时间初定在五一劳动节日，好不好？”召集人老张高声说道。老刘与大家齐声响应说：“好，五一再聚会！”

由“说曹操曹操到”想到的

“说曹操曹操到”，是我们在等人时看等的人到了，常戏说的一句迎合的话。

等到的人怎么说都是曹操呢？其实曹操我们谁都不认识，他是古人，三国时期魏国太祖，生于公元155年，离我们1800多年，与我们谁都不搭界。

但是，为什么我们谁都会说“说曹操曹操到”这句再熟悉不过的话呢？这里有来历有故事，有约定俗成，这是需要知晓的。

我们只知道第一句话“说曹操曹操到”，还有第二句话“曹操到了面前不知道”，还有第三句“问了曹操放跑了曹操”，下面据《三国演义》说由来。

先说东汉末年，政权分崩离析，董卓入主洛阳，挟持幼主刘协，实现了“挟天子以令诸侯”。

这曹操，字孟德，原姓夏侯，后其父曹嵩认宦官为父，改姓曹。后为杀董卓便假装投靠了他，刺杀未遂出逃，加入了反董卓的十八路诸侯之中，合众之力将董卓从洛阳赶到了长安。

司徒王允施展连环计美人计，他让貂蝉去勾引吕布和董卓，后董卓死于吕布之手。董卓死后，因王允操作不当，致使大将郭汜和李傕造反，献帝只得从长安东归洛阳，下诏各路诸侯勤王。这是当时的政局背景。

《三国演义》第十四回中，李傕、郭汜与汉献帝开战，汉献帝败逃，李、郭在李乐的指引下穷追不舍。太尉杨彪就提议派使令平定山东的曹操来护驾，但久等使者未回。这时董承便说不如我们快马加鞭去找曹操，话说完刚准备出发，曹操就带着士兵杀了过来，并打败了李、郭部。汉献帝说：“这真是，说曹操曹操到啊！”由献帝说的夸奖曹操及时救驾的话影响深远，流传至今。

《三国演义》第十二回中，曹操中了吕布里应外合的计，进了濮阳城，吕布从阴影中杀出，曹操在火光中见吕布挺戟跃马而来，曹操以手掩面，吕将戟于曹头盔上一击，问曹操何在，曹指骑黄马人说就是他，吕便急追骑黄马人而去。这就是吕布演绎的“曹操到了面前不知晓”“问了曹操放跑了曹操”这一出。

三国中的曹操以微末之力，先后击败了董卓、吕布、袁绍等人，建立了自己的政权，留下了荡气回肠、金戈铁马的故事。

他确实是个杰出的军事家、政治家、文学家、书法家和诗人，他消灭了众多割据势力，统一了中国北方大部分区域，实行一系列政策恢复经济社会秩序，奠定了曹魏立国基础。

他父子三曹（曹操、曹丕、曹植）是建安文学的代表，史称建安风骨，留下了文学史上光辉一笔。

三国时代是魏蜀吴纷争、分趋于统的时代，也是英雄辈出的时代，涌现了诸多英雄、枭雄、奸雄，《三国志》《三国演义》等传世著作写的就是三国时代的事，还产生了一批民间口头和民俗文学。但曹操在民间的影响最广。

《三国志》是史书，而《三国演义》是小说；《三国志》是纪传体史书，《三国演义》是长篇章回体历史小说；《三国志》记载三国时期的史料，《三国演义》是中国古代第一部长篇章回体小说，是历史演义小说的经典之作；《三国志》是由西晋史学家陈寿所著，是记载三国时期的魏、蜀、吴的纪传体，断代史，也是二十四史中，评价最高的“前四史”之一。

曹操是三国时代的人物，了解他不得不看《三国志》和《三国演义》。其中，应当注重史志史实，也关注影响民间的演义小说。

陈寿在《三国志》中说曹操是“终能总御皇机，克成洪业者，惟其明略最优也。抑可谓非常之人，超世之杰矣”。陈寿凭史实，对曹操给予了肯定的历史性记载。

罗贯中在《三国演义》中，称曹操“奸雄多疑，是乱世之枭雄，治世之能臣”，有大志大略，军事政治上十分出色，靠实干拼创出自己的事业。罗贯中在《三国演义》中也没有把曹操说得多么坏。

主要是我们戏剧文学作品将曹操写成了阴险狡诈的白脸奸臣。真正史实上的曹操并非如此，自有公正评论。

鲁迅说：“曹操至少是个英雄”“是改造文章的祖师”。

毛泽东诗词“往事越千年，魏武挥鞭，东临碣石有遗篇”，也对曹操有肯定赞同。

曹操在历史上是个有影响的人物。这句“说曹操曹操到”流传至今再熟悉不过的名句戏言，就是最佳证明。

漫谈如何辨方向识路径到达目的地

在自己出生的地方，如在一个小村庄，在一个小城市，东南西北，里里外外，都很清楚，不必问东问西，到哪都很自然自信，来去自由。但是，如果你到了一个陌生的村庄或城市，虽然小，你却摸不着方向，识不了路径，到达不了你想去的目的地。或者你仍到了熟悉的村庄、城市，而此地建设发展很快，日新月异，那你也难辨方向路径，到达目的地。或者你从熟悉的地方到不熟悉的地方，从陌生地再到陌生地，那你如何辨方向识路径到达目的地？这是个首先要解决的问题，如果问题解决了，接着还要解决一个问题，你是走着去，还是乘什么交通工具去，这些问题决定了，那才能动身起程。我们原先是如何解决辨方向的？是靠太阳。万物生长靠太阳，向日葵也靠太阳转方向。太阳升起方向为东，日落方向为西，从而定南北向。除了靠太阳定向，还有靠月亮、星星定向，尤其靠北斗七星定方向。到了天阴，见不了太阳、月亮、星座，那只能靠指南针（或名罗盘）来确定方向了。

方向确定了，具体地说到达目的地的方向确定了，那接着就要具体确定到达目的地的路径。因为到达目的地的方向只能是一个方向，但落实到具体路径上不可能是笔直的，而是弯弯曲曲的。因为它要避开山阻水隔甚至是人为的设防（如果有空中航道，那是另一回事）。而且路径是多渠道的，有大路、小路、水路，有远路、近路、险峻路。走弯弯曲曲的路，那就要找到路标、参照物，就要遇人问路指路，找向导带路。这时你待人如上宾，谦虚讨教，诚恳询问。只有这般才能找到路，找对路，否则会找不到路，走错路，走冤枉路。当年，红军长征途中，转战到夷族地区，坚持走群众路线，靠向导带路，绕过敌人封锁，达到了目的地。现今，路多了，道路建设日新月异，高速公路、高速铁路多了，立交多层错综复杂，交通工具也多了，如何定向识路到达目的地，应该是简单容易了，但是又复杂困难了。靠过去年代原先手工操作方式已经行不通了。刚开始时，江苏司机开车进入上海市市区时，要么自备导航仪，并会熟练使用它（因为那时还没有智能手机），要么在路边请候着的带路人上车带路，绕过多座立交，通过多条高架，才能从外围进入市区，好容易才能进入目的地。这路，真把外地司机都绕蒙绕糊涂了。

现在不必问人不必带路哪，只要问自己，点点手机就行啦。你点开百度地图、腾讯地图等导航地图，填写你所在地址，再填写到达地址，点开公交或出行，查找行进路径，经过的站点，行走的路径，以及共需多少时间。还可以点开导航，有语音指引方向，或有提示图标指引路径，最后告知走多少米到达目的地。多么方便啊，从此走路，到任何地方，就不必问人，不必请人指路带路，就靠自己，凭手机，随心所欲，想去哪就去哪。在国内是这样，到国外也是如此。有几次，我和老伴俩跟女儿和外孙女自主去国外旅游，女儿手机导航玩得溜，外孙女外语说得溜，我们只要跟着走就行啦，也不问方向路径，就凭着手机导航，如同在国内一样，方便自由自在得很啦。手机地图导航，实际上是靠卫星导航，跟原先老一辈靠太阳月亮星星导航一样，地上人的一举一动是靠天上的卫星指引。这天上的卫星是由好多卫星组成的网络指引。全世界有四大导航系统：一是最早建成的美国的GPS，二是俄罗斯的“格洛纳斯”，三是欧洲的“伽利略”，四是中国的“北斗”。中国的北斗虽然建成于2020年，但精度高于美国的GPS。我们可以通过四大导航卫星系统、手机、地图导航软件（百度、谷歌、高德、腾讯、搜狗等），进行导航，包括语音导航、图示导航，并掌握所花费的时间，游走世界各地，旅游各地美景。甚至还可下载3D立体导航软件，体验真实沉浸式的旅游景点景象。卫星还能确定某人某地的具体位置，某人与他人他地的远近距离，以及具体数据，还可提供到达地所花费时间，还可查询实时公交某路某站的到达时间。卫星导航真是随心所欲，无所不能。一开始，我们使用GPS导航，后来我们一直习惯使用北斗导航了。

如今，我要去哪里不必问路问人了，只要点手机导航地图软件，问问天上的卫星就行啦。但此导航卫星网络是靠高科技高投入，费时费力建成并要不断维护的，所花的代价很大很大。若要省省的话，倒不如问问人，回到过去时光好了。但是，科技进步如时光一样不可倒流，回不去了，只能一直向前，不断更新进步。现今要到某目的地去，已经没有了行人与路人间的问路指路带路这种既陌生又亲切的人际关系了，这种原生态的、不计报酬、不要回报的关系，真让人回味无穷，流连忘返。现在，只剩下一己与手机的关系，人与卫星导航地图的关系，地上人与天上卫星的关系了，进而只是人与手机、人与操作导航地图具体技能技巧的关系了。需要导航的人靠卫星导航获得了自主自由的航行自由，但同时此人也被卫星导航捆绑带走了。如有不慎，如有失误，人也会被导航引入歧路而大失所望。现实生活中，仍然有人需要问路指路带路，这些人是老人，没有智能手机的人，或者眼睛看不清手机上字的人，他们还会需要请教人，请有智能手机玩得溜的年轻人，告知路在何方，指点他路怎么走，最好带着他怎么走。因为“这些人”，只能附归到现行的科技指引的航道上，只能如此，别无他途。

2022年8月1日写于南京

职责与担当

1978年（溧水县还属镇江地区，1983年划入南京市），我被地委派驻溧水县委的工作组指令调到一个边缘乡新桥乡担任党委书记。新桥乡，后因同地区内有同名而改为晶桥乡，由我根据乡内水晶、新桥两大队名各取一字“晶桥”而报批获准。任职后，我明显感到自己心中所担负的责任，肩膀上担负的重量，想起所亲历过的事，尽心尽力的事，历历在目，忘怀不了。

治山造林

赴任伊始，便请新桥乡乡长介绍情况，到各处察看情况，倾听干部群众的意见，最后形成了综合印象和工作初步意见。经过党政领导班子讨论决定，工作从治山造林开始，打好这第一仗，以推动全盘工作。我们党政领导班子对这次治山造林首仗十分看重，因为事关今后工作局面如何展开。认定：首仗必须胜，首仗胜，再战再胜，连战连胜，今后工作无往而不胜。新桥乡是个半山半圩的易旱易涝的乡，但山地面积大，且山上植被破坏严重，有些山树被砍，几乎光秃秃，很容易形成水土流失。在雨水季节常形成山洪暴发，从东到西，满山遍地，到处是流水，汇到新桥河成了满堤的洪峰洪流，流到圩区便成了水灾，庄稼被淹没，泽国一片。决定形成后，党政主要领导在全乡三级干部会上作动员，下达动员令，按劳力土地面积分配治山造林任务，要求各村各生产队赶在雨季前，完成任务，并进行评先奖励。

治山主要任务是开挖深度和宽度各为1公尺至1.5公尺的梯层沟（椐山坡情况而定），并将挖出的石块码在梯沟的边缘当围墙，向沟里回填土，土不足从别处担挑上来，保证能栽活树苗。同时挖好撇洪沟渠、导流沟渠以及因地制宜的备用防旱蓄水塘坝。造林的任务主要是选择适合当地土质、适合山势的树种，选用种子育好苗，如松、杉、竹等。紧接着水利工程人员加班加点，丈量划分山头地段和沟渠，带领各生产队长、组长到现场认领任务，并当面提出质量标准、施工技术和完工时间。由于党政领导齐动员，任务明确，责任直接交到各大队生产队组，全乡劳动力齐参战，一场声势浩大的治山造林群众运动热潮掀起来了。山区的就近施工，起早带晚，责任不可推卸，有圩区的人帮忙，干得更欢。圩区的也心知肚明，帮山区就是帮自己，他们离施工现场远，就自备午餐，省下赶路时间抓紧干。那真是人心齐泰山移，一个个山头被拿下，进度喜人。有喜人的进度，还要有合格的质量。于是乡里成立了检查组，特邀湖南的林业绿化专家（县林业局派驻乡的专家）参加，对逐个山头施工现场进行检查，主要查开挖梯沟的深度宽度、护沟围栏，回填土量，配套沟渠塘坝等，对不够不全的，立即返工补上。对干得好的，组织全乡村主要干部现场参观，展示表彰。经过艰苦奋战，终于赶在旱季前基本上完成了治山任务，转而准备植树造林工作。事先，早已有专人负责选种育苗、买苗运苗的工作，现在刚好衔接上。时不我待，按原来分工，原治山的队伍接着完成植树造林任务。按照合理布局，山顶栽松，山下栽杉，山坳栽竹。据当地土质和原有树种，选择了在土石间容易扎根的黑松，培育了筷子粗菊花顶的杉树苗以及刚竹，按此分配运送树苗，并现场指导植树要领和技术，包括浇水培土覆草等维护要求。原来治山的活很累，主要跟石块打交道，爆破炸石，挥镐挖沟，现在转而植树，挖坑栽树浇水，变得轻松省力，看到了绿色，初步见到了成效，也觉得值觉得快活。但考虑到保定成活率，心中无底，干活也很细心，不敢马虎。雨季快来临了，间或下雨，这倒有利于栽植树苗。人们冒雨干活，干劲十足，栽植进行得很快，一片片山地被树苗覆盖，一座座山头被染上绿色，苗叶上还挂着雨珠。过去，植树造林年年搞，但就是质量保证不了，成活率不高，代价不小。在关键时刻，乡党政领导组队带上技术员，逐个现场督促检查，发现问题及时纠正整改。

经过一个月的奋战，既定的治山造林任务基本完成，工作告一段落，但后续的维护工作仍然十分繁重，必须一招不让地跟上。为此，乡党委与乡政府成员召开联席会议，对治山造林工作进行了民主总结评议，决定对先进集体和先进个人进行表彰奖励，特别是对圩区的大队的大力支持深表感谢。紧接着对治山造林地持续维护作出决定，并与拥有山林所有权的各山区大队签订维护责任状和保定成活率的奖罚决定。会后，山区各大队与生产队也签订了维护奖罚责任状，责任层层落实。同时乡成立检查组，专门盯着，紧抓不放，一改过去搞运动，轰一轰，雨过地皮湿的做法，死硬地把治山造林一招招、一层层、一月月、一年年地抓，力求见落实，见成效。

一年后，乡党政领导专门验收治山造林成效。栽植树苗成活率近百分之九十以上，树长高了，山变绿了。但还是有苗枯树死的现象，究其原因，有的是苗的问题，有的是土层太浅，有的是缺水，有的是后天维护不到位的问题。针对问题，马上补苗，补水，加强维护。年底，兑现责任状，进行总结奖励，进一步加强了山区治山造林维护工作。到了治山造林第二年年底，检查总结告知大家，成活率巩固，松杉竹长势旺盛，成片成片山岭被绿色包裹，植被一年比一年增厚，景色喜人。我们继续维持责任管理，兑现奖惩，说到做到，不松懈，不走样，贵在坚持，这一见成效的做法，深入干部群众人心，成了今后做任何事情的标杆，成了工作作风。

1983年3月，溧水县被划归南京市，第二年在召开的全市农村工作会议上，晶桥乡被市政府表彰为绿化造林先进单位。这是被县政府表彰后，在更大范围更高规格的表彰，更加激励全乡干部群众在坚持三年治山造林的基础上，永不停步，继续向绿色进军。

开河引水

新桥河贯穿晶桥乡全乡境内，从东西到西，从山区到圩区，从河南至河北，均是它的流经地域。天上的雨水，长江、石臼湖的引水都得经过它流淌而过，它对于晶桥乡的百姓来讲，是条生命线、母亲河。由于泥沙俱下，沉淀滞留，需要经常开挖疏通，否则河道阻塞，流水不畅。老百姓每隔二至三年就要在冬春农闲时节，集中全乡劳力开挖加深新桥河。20世纪80年代一个冬春时节，溧水县政府为了实施扎根长江，高程提水，建设秋湖灌区，组织全县劳动力高标准开挖加深延伸新桥河。将任务分段分岸（南北岸），分配到各乡镇，要求按时按量按标准完成。任务一下，号令一发，新桥河两岸人山人海，涌动着千军万马，担土运土的人流上上下下，川流不息。工地上工程指挥部的高音喇叭不时播放指挥部的通知、要求和注意事项，播放戏剧、歌曲和相声，民工们听了既明白又带劲，十分享用，劳动热情格外高涨。友邻施工队的民工们相互挑战，争先恐后，各不相让，一派动人景象。

作为本地“东道主”队当然不甘落后，一马当先，在施工进度质量方面事事冲在前面。晶桥本地人都在想，各外乡人为开挖新桥河出力，我们也在为开河、建秋湖灌溉站大局出力，主客融为一体，不分彼此，姿态主动，干劲十足。晶桥乡党委乡政府紧抓时机组织沿岸各大队的部分男劳力和女劳力，加固加高各自的圩堤、撇洪沟渠及涵闸，不忘修筑好山区的灌溉总渠支渠，以与开挖后的新桥河相适应相匹配相沟通。有一年大旱之年，山区陶村大队提水抗旱，但灌溉总渠失修，造成了沿途漏水不止，水流到支渠不见水，既不能及时给庄稼补水，又带来很大经费耗损。所以，历史的教训不能忘记，这次将此也一并被加在加固加高圩堤沟渠之列，严加督促检查，确保施工质量。特别是处于新桥河两岸圩区要抓紧加固加高圩堤，提高防洪能力。有件记忆深刻的事：我到任的当年汛期山洪暴发，芮家大队的圩堤被大水漫堤，冲开一个大缺口，淹没了一大片稻田和一个村庄。乡党政领导亲临现场指挥疏散安置农户人员，组织劳力挑土堵缺口，突击抢救圩堤，接力安排机泵排水抢栽稻苗，好在那次无人员伤亡，灾情不十分严重，但教训不能忘却。故乡党委政府对这次开河加高加固圩堤格外注重，检查督促芮家这段圩堤，对其他地段也一视同仁，不可懈怠。乡党政主要领导抓住县分管领导、县水利局局长亲临新桥河现场指导检查施工的机会，当场当面专题汇报与新桥河重新开挖后富财圩整个圩区的排水和引水灌溉的问题，并呈报了书面报告。加上事先的争取，与水利局局长原在县级机关的友好关系，使这次现场当面汇报当即得到了批准，并将此列入了整个新桥河开挖工程的规划，列支了一笔资金支持。

晶桥富财圩四个大队的干部群众兴高采烈，准备大干一场了。乡里召开了圩区大队生产队长动员会，组织专门会战。要各圩区大队生产队动员全体男女劳力，兵分两路（开新桥河、建富财圩排灌站），突击修好圩内灌溉主渠及分支沟渠，重点修好排灌站。经过一个多月的努力，一个新的配备有机电动力的既能排又能灌的富财圩排灌站建成了，它与新桥河开挖工程一前一后相继建成竣工。它成了新桥河工程中闪亮的名片，也成了当时全县圩区较大且设施先进的机电排灌站。眼看着八台崭新的机泵（电机、柴油机各半）躺在机房内，心里十分舒坦。圩区大队生产队干部和周围的群众不时地到排灌站机房内参观，人流不断。在试机那天，随着站管理员时不时地开关排灌闸门，就见一会儿河水被引入主渠支渠，灌进田里，一会儿圩里主支沟渠的水流进入站内排到河里，排灌操纵自如，在场人齐声欢呼，伸着大拇指声赞“好，这样旱涝不愁，可以放心了”。一改以往机泵乏力，流水不畅而造成救不了旱排不了涝的急人景象。

当然，富财圩排灌站与随后建成的秋湖灌区总站相比只能算个小弟弟了。秋湖灌区提水站建在新开挖的新桥河最顶部，处于晶桥乡山区最高处，新桥河开挖工程就是为了建站，为了引入长江、石臼湖的水，因而新桥河被引申、被开挖得很深，同时被加宽。新桥河工程竣工了，接着秋湖灌区提水站也建成了，八个大型输水管一个接一个被排放在高程提水站总渠的斜坡上，配套有大马力机电提水泵及站房。开足马力试机那时，提水站的出水总渠像河流一样流淌，新桥河水被吸得像河水倒流一样。世代农民从未见过这样壮观的景况，逐渐涌到现场，睁眼观看，惊呼：真是人定胜天啊！人山人海开新河，机电力量水倒流。众志成城泰山移，大地景色添锦绣。

新桥河工程竣工，它不仅造福晶桥乡人民，给山区圩区及两岸引水提水灌溉，也方便了圩区排涝；它在更大范围内，给邻近兄弟乡镇以及句容县的乡镇人民造福，给他们提供源源不绝的江湖水，灌溉庄稼，获得丰产丰收。事实让人们牢记，水利工程造福人民，新桥河工程造福人民，党和政府造福人民。

联产承包

溧水县与安徽省相邻，小岗村包产到户的做法很快传来，晶桥乡的农户纷纷仿效，相继推行。首先在我蹲点的行政村的几个生产小组自行试行。刚开始，谁也吃不准这一做法灵不灵，但实行后的效果却出人意料地好，对此我默认支持。对在晶桥乡出现包产到户的做法，从乡党政领导成员到村组干部认识不统一，持观望、怀疑、反对的为多数。连周边乡镇的同志也冷眼相看，仍坚持“三级所有、队为基础”体制，不为晶桥之举所动。当时，有相当一部分干部认为：辛辛苦苦几十年，一夜回到解放前；田地耕牛农具分了，集体经济垮了；一家一户分散经营，大型农机水利设施管理使用就难了。对此，县委领导一度派员来我乡进行专题调查，要求立即停止纠正家庭联产承包这一做法。我感到了很大压力，但是没有马上采取停止纠正的做法，仍然坚持党的十一届三中全会解放思想、实事求是的精神，一心想通过群众改革实践来验证联产承包创新做法的正确与否。

1978年夏收，见证了包产到户的明显成效。先行实行联产承包责任制的村组农户喜获丰收，车载人担，排着长长的队伍到乡粮站交收麦子和油菜籽。他们首先尝到了“交齐国家、留足集体后，剩余全是自家的”那份喜悦。我们趁势而行，做有针对性的思想统一工作。先是在乡党政领导班子内，后组织乡三级干部，集中学习领会党的十一届三中全会精神，联系农村改革实践，解放思想，统一认识，放大胆子，推动改革。

我运用在大学学到的政治理论专业知识，联系农村现实，讲生产关系要适应促进生产力发展，“三级所有、队为基础”体制尚不能适应推动农村生产力较好发展，联产承包、统分结合双层经营能将农村生产力中最重要的人的因素及其主动性、积极性最充分地调动起来。我联系家庭联产承包责任制的增产增收的效果，证明它是“交齐国家的、留足集体的、剩余全是自己的”这一正确处理国家、集体与个人三者关系又充分调动农民生产积极性的改革举措。我联系家庭联产承包制中遇到的实际问题，讲它不仅仅是分田分地到农民，而是落实责任到农户，同时农村基层干部要做好统的工作，逐步完善统分结合双层经营机制，改变干部过去习惯派工、组织大呼隆生产为抓好为一家一户提供统一经营的保障服务。学习和实践促进了农村基层干部的思想解放，促进了家庭联产承包责任制在全乡健康有序地发展。

我们乡党委乡政府全体领导成员和所有机关干部分工负责落实责任，认真做好乡村水利建设和管护工作，积极争取县里的水利项目资金支持，建成了当时全县最大容量的圩区机电排灌站，并组织全乡民工参与溧水县扎根长江、一级高程提水、能供三个乡田地用水的秋湖电灌站建设。上述两项水利工程建成使用，确保了我乡圩区和山区承包农户责任田的旱涝丰收。为满足农民对肥料的需求，我乡在扩建硫酸厂的基础上，建成了过磷酸钙磷肥厂。施用该磷肥能使稻麦和油菜作物增产15%到20%，深受农户欢迎。此外，乡政府大力兴办了制衣、制鞋等劳务密集型企业，加上上述两个厂的用工，大大拓宽了农民就地转移就业和致富门路，也增强了乡政府的可用财力。我乡在全县开先例，拨专款给行政村定补干部发工资津贴和退休后的生活补贴，有效地稳定了农村最基层干部队伍，增强了他们服务统分结合双层经营的责任心。

到了1979年年底，晶桥乡普遍推广实行了家庭联产承包责任制改革，秋季获得了有史以来未有的好收成。在镇江地委召开的三级干部大会上，我代表溧水县发言，介绍了先行家庭联产承包责任制做法和体会，与会代表深受触动和启发。家庭联产承包责任制极大地调动起农民的生产积极性，极大地解放了农村生产力。

同样的天，同样的地，同样的人，但粮油产量就是有着天壤之别。农村改革，成了中国全面改革开放事业的先导和开拓者，功不可没。

我从1978到1984年，共有六年时间，任职溧水县晶桥乡党委书记。先后经历了治山造林、开河引水、联产承包等重要事项和重大工程，特别是亲历了农村改革及带来的巨变。在青壮年这一时段，组织上给我提供了农村基层这一接地气亲自然近群众的广阔天地，与农村百姓一起，人山人海，改造山河，绿化山林，大兴水利，引江湖河水，灌溉农田，投身农村改革，经受锻炼、考验，长知识，长本领。印象深刻，铭记不忘。

时过境迁，今非昔比，我已随区划调整从溧水人变为南京人，从青年变成退休的老年人。现在写上这一段人生，不是为了传承，仅是为了回忆，是有作为的回忆，美好的回忆。

2022年8月20日写于南京

邮筒安在？

早先，有事情要商量有情感想表达，就得给亲朋写信，这是十分平常且使人津津乐道的事。后来，家庭电话逐步普及了，这种及时随意互动的交流方式，让书信来往减少了许多。特别是手机，尤其是智能手机出现后，书信交流就被人们疏远了，被人心心念念投寄信函的邮筒被遗忘了。邮筒还有吗，还在吗？

有一次，我收到一封某市级机关的信，拆开一看里面有一张填写机关作风的问卷表格及回信的信封和邮票。我按要求填好表贴好邮票上街去找邮筒投寄回信，来来回回跑了好多地方找不到邮筒了，这真让我领教了其中巨大的变化。后来，我还是用手机地图查到附近的邮筒，把信寄出去了。

邮筒是少了，但是还有还在。查了一下，南京市全市还有800多个，主城区有500多个，邮政人员还是坚持每天二次开邮筒取信件，但一封邮件没有的情况常有。

书信邮寄还有存在的必须必要，还受法律保护（邮政法），商业票据广告、保险账单、书报杂志、明信片、贺年片、专致领导的信函、给各级纪委的揭发信等等，还要靠邮筒投寄，这些取代不了。但是，信函越来越少的总趋势改变不了。

反复思考，用笔纸书写修改，封装贴邮票，找邮筒投寄，等待盼望，到收到回信，是一个缓慢的心理过程时间，是一个由慢且长的等待积蓄过程而带来的兴奋满足的结局，是人与人之间思想情感交结的人文现象，留下了弥足珍贵的值得保存的人文遗迹。

现在，有了智能手机，人与人，人与众人交流直接、快捷、互动，形式多样，有文字、语音、图片、歌曲、视频电话等等，丰富多彩，不一而足。但其中人文色彩少了，手机智能多了，人被手机取代了，能像书信一样珍惜珍藏的东西几近没了，令人遗憾。

科技手段，快捷便利，已成了人们的生活生产方式，靠它能加速发展，推动科技更新换代，在竞争中立于不败之地。但生活是丰富多样的，既要有快节奏，也需要慢生活，又快又慢，兼而有之才多彩多姿。

在生产领域，我们主张快节奏；在生活领域，尤其是退休老人、休假师生，可以拥有慢节奏慢生活，在假期或毕业分别之际，在重大节日或诞辰之际，可以有意识地多写书信邮寄信函，拥有等待中的耐心和收到书信（或明信片）时的欣喜快乐。

漫谈长寿

人们都希望长寿，像棵常青不老松，都想像古代圣人那样长寿，孔子73岁，老子84岁。故有谚语：七十三、八十四，阎王不请自己去。而写《龟虽寿》的曹操却只活了六十六岁。诗曰：“神龟虽寿，犹有竟时；腾蛇成雾，终为土灰；老骥伏枥，志在千里；烈士暮年，壮心不已；盈缩之期，不但在天；养怡之福，可得永年。幸甚至哉，歌以咏志。”诗中融哲理思考、慷慨激情和艺术形象于一炉，表现了诗人老当益壮、积极进取的人生态度，特别是“老骥伏枥，志在千里；烈士暮年，壮心不已”，充满诗人对生活的真切体验，有着一种真挚而浓烈的感情力量。

随着生活水平、医疗水平以及人们体育卫生素质的提高，人们的整体寿命也在提高，年过七十不稀奇，八十出头多来些。但是，手指并不一般齐，长寿的人毕竟是少数，能过百岁的老人更是少之又少。

长寿的人，历时长，经事多，阅历丰富，感悟深刻。有的长寿者可跨三个世纪，可以儿孙满堂，家族兴旺，四世甚至五世同堂。像这样几世同堂的大家庭，欢声笑语、老少相聚、其乐融融的大家庭，过去有，现在再也难寻见了。

但是，不是越长寿越好。长寿者有健康身体的，能以劳动工作为乐的，能生活自理的，耳聪目明的，毕竟是少数。一般说来，年长者长寿者应是年老体弱，耳不聪目不明，牙口不好，味不香觉不敏，大多生活难以自理，丧失劳动工作乐趣，甚至生活乐趣，活着是个负担，是下人的累赘。但是，人还得艰难地活着，命该如此，命中注定，命不该绝。

长寿与健康是紧密相连的，越健康越长寿。如何做到健康，有讲究养生的，注重营养的，坚持运动锻炼的，练气功偏重静养的，五花八门，无奇不有，无所不能，各派各人都有一套，各有所长，各有所得，相得益彰，均达到健康的目的。我所坚持保健康的手段就是，每天晚上走路一小时，而且是快走，风雨无阻，感觉雨天空气清新爽快。

然而长寿也与孤独相联系，也可以说越长寿越孤独。这是因为比他寿短的人相继离开了他，剩下的人只是很少的长寿者，甚至只有一两个人，他们同时代人、同辈人、同伙伴、谈得来的人都走了离开了，玩伴、谈得来的人，有共同语言共同情感的人没有了，剩下的长寿者失落了，孤单了，孤独寂寞了，而且越长寿者越来越孤单孤独，最后只剩一人，真是孤单，没有一个说话的伙伴了。

我是个健康长寿的人，今年已八十多岁了。在这个年龄段的人，我认识的去世的人每年间或有一至二人，而且越来越快越多。我大学中学原来拍毕业照的同学中，前几年还有过大半数，现在人数不到一半了。看了很辛酸，感到剩下孤单寂寞了。再往下，再过几年，那剩下的只能越来越少，好悲催伤心。

当然，年长者可以与非同辈人，与年轻人结成忘年交，老青交友也不错，但可遇不可求，这样的人不多，难得啊。彼此之间要有同样的志趣爱好，同样的学识见解，同样的超越年龄界限的胆识阅历。

还可以用手机上网，与群友、网友闲聊。此行为是单个人，外象是孤单的，实质却是双方多方线上交谈，而不是孤独的。网上聚会群聊，不受时间地点限制，确实不错，但是还得有相好的谈得来的伙伴好友，否则还是聚不起谈不来。

那怎么办，只有抓紧时间，紧抓当下，好好联系，紧密相聚相会，加深友谊友情，不负人生，不负时日。

我有在宁大学老同学一个朋友圈，工作单位同事一个朋友圈，社会团体朋友一个朋友圈。有一个朋友圈就有一个微信群。在朋友圈里经常有聚会聚餐活动，一般二个月左右有次聚会，并且约定俗成排好队，轮流做东，到时候等急了的人就会催办，或是做东的积极地早就发出聚会通知，微信里群热闹得很，你一言他一句，氛围就是好得像一家子。在这样的气氛中，老者都会觉得年轻了许多，有人喜称：“这样的聚会，聚一次年轻两岁，要常聚会年长青。”

有人觉得这样不错，在活动中增加人数，增加次数，增加亲近，也就增加了人生的宽度、密度、温度，使年岁不仅有了长度，而且有了厚度，不仅有了数量，而且有了质量，一年等于有了几年的寿。我党的领导干部广泛联系群众，密切联系群众，全心全意为人民服务，他们的人生价值量高，含金量高，闪耀着金色光辉。

也有人觉得人并不一定追求长寿，人活着要有价值，不能虚度。苏联作家奥斯特洛夫斯基的长篇小说《钢铁是怎样炼成的》中的保尔·柯察金的名言名句：“人最宝贵的东西就是生命，生命属于我们只有一次。人的一生是应该这样度过的，当他回首往事时，不因虚度年华而悔恨，也不因为碌碌无为而羞耻，这样他在临死的时候就能够说‘我整个生命和全部精力都去献给了世界上最壮丽的事业——为人类的解放而斗争。’”这关于人生和生命价值的名句名言，在当时年代的人们中，尤其是在青年中留下了极其深刻的印象，在苏联，在中国，甚至在世界范围内都有强烈反响。当时，我多次阅读了《钢铁是怎样炼成的》小说，引发了人生激情，深刻影响了自己的世界观人生观。

看来，人生不仅有年高寿长，更有质量价值。在探讨人生长寿时，更不能忘记探讨人生意义。要将数量质量通盘辩证思考，有价值地度过健康长寿的每一年每一天。

不速之客

我的老家是苏南农村的。从小就知道庄户人家要不怕辛苦劳累出力流汗，千方百计种好田侍候好庄稼，还要饲养好猪牛羊鸡鹅鸭等家畜，只有获得稻麦丰收，六畜兴旺，方能过上温饱日子。

作为农家的孩子，到田间干农活帮不上大人忙，可帮大人养家畜、割猪草羊草、饲养鸡鹅鸭等活计却也忙个不停，算为家里作点贡献。鸡鹅鸭生蛋能卖获小钱，派上购置油酱醋茶等小用场，养大的肥猪养壮的羊能卖笔大钱，派上添置年货新衣等大用场。但在饲养家禽的过程中，我们遇到了不速之客“黄郎神鼬”，也就是黄大仙黄鼠狼。

我家是村子最南边最偏僻的一家，家门前就是大小水塘和一片庄稼地，经常有蛇、鼠、黄鼠狼出没在周围树林竹林中，甚至侵入到家中。我和弟妹不时会看到蛇吃家鼠、黄鼠狼偷鸡的惊人场景。我妈遇到黄鼠狼偷吃或咬死家中生蛋母鸡就十分伤心：换油盐的钱就没了；我也着急：也要不到缴上小学的学费和买书本、铅笔的钱了。

刚搬家时，我们家盖了三间草房和简易的猪羊圈及鸡窝。有一日夜里，鸡窝里的鸡一齐发出怪异的叫声。第二天早上，爸妈发现鸡窝里门未关好关牢，里面的七八只母鸡全被黄鼠狼咬死了，血也被吸干了。妈伤心透了，爸恨透了，这一下全家的日常开销全泡汤了，没有着落了。

我们兄妹几个也跟着愤恨黄鼠狼，咒骂它：黄鼠狼胆小如鼠，心狠手辣如豺狼，不吃老鼠专咬鸡娘，终有一日见阎王。爸妈吸取教训，马上重新砌了好了鸡窝，做了新的鸡窝门，并且养了狗和鹅，从此后太平了，鸡安全无恙了。黄鼠狼怕狗怕鹅，狗耳灵敏，能听见夜里出没的黄鼠狼的动静，一吠就吓跑了。鹅不同鸡，是黄鼠狼的死对头，见了就咬就大声叫唤。

我爸为了解恨，还特地用竹子做了黄鼠狼夹子，专门来对付它。夏天的一个傍晚，我跟着爸来到了一个草堆旁挨着田埂处，他先用铲子挖了个小洞，在洞里放了一块猪肉骨头，在洞门口架上拉满弓的竹夹子，用稻草做了掩盖后离去，耐心等待明天的结果。第二天一早，我和爸来到洞口处，尚未见到夹子，只闻到臭气熏天，我头昏晕眼发花，原来黄鼠狼被夹住了未死，见来人放了它的救命屁。爸用树棍将它打死带了回家，将它的皮毛剥下，但爸叹气说这张皮毛如在冬天可以卖不少钱，但在夏天不值钱卖不了。我说它的皮没有用毛有用，毛可以做毛笔。于是就将它背部尾部的针毛拔下许多，去掉绒毛，用丝线扎成用过的毛笔一样粗细，并在笔根处粘上胶水，装在去了秃笔头原来的笔杆上，成了一支非常好用的狼毫笔。听有识人士说，唐伯虎用的笔就是这种笔，写字写画出众非凡哪。

到了冬天，爸带我到离家较远的三处田埂高坎下挖了三个小洞，在洞底放上带肉的猪骨头，在洞门口放置了拉满弓的竹夹子，用草掩饰好，单等黄鼠狼到来。第二天一大早爸到麦田里清墒理沟，回家时带回了一只被夹子夹死的黄鼠狼，我们一家人看了真高兴，我们小孩用手抚摸它柔软的黄毛。爸在剥它皮毛时说，冬天它的皮毛可卖好价钱了。但接着几天几个洞的夹子毫无动静，爸又去换了洞里的饵食，将猪骨头换成了几只刚捉到小老鼠，用竹竿固定在洞中，用草盖上。刚巧又逢下大雪，动物们无处觅食，饿得不行，三个夹子第二第三天全夹上了黄鼠狼。爸将三把夹子夹着的三只黄鼠狼拿回家时，全家人乐透了。妈妈说，为何叫它为“黄鼠狼”，因为它是吃老鼠的狼。我说，为什么不叫它“黄鸡狼”了，难道它吃鸡是偶然的。爸说这次几张黄鼠狼皮毛可卖个大价钱，可派个大用场了。

随着年龄、年级和读书知识的增长，我对黄鼠狼逐渐开始了解。它是偷鸡吃，而主要是吃老鼠，是老鼠的死敌，吃家里的老鼠、田鼠、松鼠和兔子。一只黄鼠狼一夜可吃六七只老鼠，一年它可吃掉1500只到3200只老鼠。根据相关科研人员的计算，一只成年老鼠一年大概能吃掉约9千克左右的粮食。虽然看起来并不多，可是如果是100只，就能吃掉900千克的粮食，1000只就是9000千克，可见这是一个多么恐怖的数字。所以黄鼠狼吃老鼠、保护粮食的功劳是不可小视的，是天大的。它吃鸡是偶尔的，只要人们把鸡窝扎牢，鸡窝门关好，可以相安无事。现在黄鼠狼是国家认定的“三有”（有益的或者有重要经济、科学研究价值的动物）三级保护动物。它的良好形象在我们心中冉冉升起，那个偷鸡贼的形象闪退而去。黄鼠狼是夜行动物，但在清晨和黄昏时刻，我们可见它那滑溜溜的身材伏地而行的亮丽形态，给人难忘的美好印象。它们擅长攀援登高和下水游泳，也能高蹦低窜，在干沟的乱石堆里闪电般地追袭猎食对象。黄鼠狼的警觉性很高，时刻保持着高度戒备状态，要想对黄鼠狼出其不意地偷袭是很困难的。它应该被尊为鼠害的天敌，也是粮食的守护神，是老百姓口称的黄大仙。现在想起来从大人老人那里听来的许多黄大仙护佑惩戒人的故事，不禁惊讶又惊喜。思想起来，小时候跟着父亲挖洞下夹子打黄鼠狼的行为不好！不顾它的天大的功劳，只是因人们防卫失当鸡被它偷吃而愤恨不已。它偷鸡吃被人眼见鸡血鸡毛涂地，而夜里捕杀一只只老鼠不声不响不被人知晓。它这个无名“英雄”因偶一犯错而其余功劳全被抹杀，实在是太冤了。

湿地，生命之源诗歌之泉

凡是有土有水、水土交融的地带，或陆地与水域的过渡地带，叫作湿地。这是生灵地带，有生命诞生，有植物动物生长、繁衍，变得茂盛，奏响着生生不息的生命畅想曲。

人们常见的沼泽、草甸、滩涂、湖泊、池塘、水库、水稻田等，这些自然的或人工的，都是湿地。这些湿地潜水不深（水深不超过六米），水土交会地呈坡形，有的甚至呈现一片平展的浅水草甸，受阳光照射，形成潜水暖流，滋生各种湿地植物，有芦苇水草，有灌木乔木，滋生湿地微生物，虫鱼虾蟹，引来各种飞鸟，大都是长颈长腿的鸟类。这些鸟类受气候影响，会南北迁移，在各适宜的湿地居住繁殖，如丹顶鹤就是这种候鸟，形成美丽的生命风景线。

在我们南京市也有众多湿地，如长江新济洲国家湿地公园，石臼湖、金牛湖、玄武湖、池杉湖等湿地，这些都是候鸟迁移地，有一百多种鸟类迁飞此处，息歇中转觅食，引来众多观鸟者观赏。

湿地是重要的生命支撑系统，具有维护生物多样性，保持水源，净化水质，防洪减灾等诸多功能，也是为人类提供生产生活资料和旅游资源环境的重要载体。湿地只占地球陆地面积的百分之六，但却为地球上百分二十的生物物种提供了生存环境。

湿地、森林、海洋是地球的三大生态系统。湿地是地球的肾，它净化水质、滤污解毒；森林是地球的肺，凭光合作用，吸收二氧化碳释放氧气，提供有机物质；海洋是地球的心，所有水流入大海，是众多生物生存繁殖的多彩世界。

可是，人类为了扩大生存资源，多种地多打粮食，围湖造田，侵占了大量的湿地，造成了物种危害和生态不平衡，影响长远。这种现象在我市历史上发生过，王安石在南京任职时，曾将偌大的玄武湖改作粮田。在人民公社时期，特别是在以粮为纲的年代，围湖造田，填河塘为田时有发生。田是多了粮是多了，但泄洪面积压缩，洪水冲破圩堤造成水灾常有发生。实践教育了人们，时代进步促进了人的生态观念逐步增强，我国也加入了国际湿地公约，保护湿地成了政府行为。解围退垦，还水归湖成了人们的自觉行为，各种鱼虾多了，各色飞鸟多了，生态逐渐复兴。到湿地观赏旅游的人多了，湿地文学诗文多了，真是景美情真诗文豪。关于湿地的诗词文学古来有之，近来更多更亲近。

我知晓我国有三个大的湿地，其中我到过两个，一个是我省盐城丹顶鹤湿地，一个是大庆湿地。身处湿地草原，齐腰的绿草一望无际，顿时眼界远大，心胸开阔，神清气爽，另是一番天地。第三个是我神往的未曾去过的红军长征中经历的大草地。这三个湿地一个比一个大，一个比一个有名气，而且留有美文诗歌。

湿地之一：盐城滨海湿地

盐城滨海湿地，位于射阳县新洋港镇，面积28.4万公顷，是太平洋西海岸最大的滨海湿地型自然保护区，占地面积284000公顷，世界上最大的丹顶鹤越冬地，入冬就成观鸟圣地，有千鹤齐飞之景！

盐城作为世界上最大的丹顶鹤越冬湿地，必然有泉涌的相应之佳作——

水调歌头·盐城海涂湿地

作者：中华诗歌网　发布时间：2020年05月25日14：56：18

白鹭丹顶鹤，一去一复还。林深水丰草茂，处处是浅滩。齐飞银鸥锦雉，竞走牙獐灰兔，龟鳖安如山。蛤蝲潜穴底，鱼虾游洋湾。　　四不像，回归路，说艰难。而今成千上万，故园尽欢颜。风轮滚滚发电，滷水晶晶晒盐，渔港赛珠联。海涂大湿地，盐城好风情。

湿地之二：大庆湿地

大庆湿地的范围有120万公顷，占全国已知湿地总面积的3.12%，接近1/30。大庆湿地发育比较成熟，发育的环境基础为流速缓慢的河溪、池塘、淡水湖泊及相邻的沼泽地，具有显示湿地的全部标准。大庆湿地景观类型丰富，除了数量很多的湖泊和沼泽外，还有与之共存的草原草甸、自然次生林、天然灌丛、人工林、沙地等，它们共同形成陆地上一种风光壮美的系列景观，这在全国范围内还不多见。这里还是我国城区内最大、保存较为完整的湿地景观。

大庆湿地拥有太多资源，太多景象，太多故事，也必然涌泉感人诗篇——

湿地的芦苇

大庆湿地组诗之二：湿地的芦苇　作者：北国雪　2018年06月28日

湖泊的长睫毛
岁月的鹅毛笔
饱蘸着鸟鸣，为抽油机
举起的太阳写生
曾是荒原之王，从成吉思汗
青骢马远去的嘶鸣
和风化的白骨与血泊淬炼野性
每条根须都是咬紧
沼泽的蛇，把无边
无际的时光吞进虚无
只有钻机和一个铁姓的部族

用南腔北调的号子和满脸皱纹的青春
把你谱成了一首翠绿的歌
绘成一幅芬芳的画
站在湿地你像一群绿衣少女
迎接夏的花裙子，秋的长镜头
装点荷花旖旎的梦
涌动于城市边缘，你是福祉的
花边，绿了又黄，黄了又绿
呵护每一个湿润的日子
而用你粘贴的那两只蝴蝶
被一双握过刹把的手挂在梁祝的
音符里，正舞动不老的传奇

湿地之三：红军长征走过的草地

红军过草地是红军长征期间重要事件。1935年8月21日，红军开始过草地。草地位于青藏高原与四川盆地的过渡地带，纵长500余里地，横宽300余里地，面积约15200平方公里，海拔在3500米以上。红军过的草地主要是讲川西北若尔盖地区。草地，其实就是高原湿地，为泥质沼泽。沼泽生长的植被主要是藏嵩草、乌拉苔、海韭菜等，形成草甸。草甸之下，积水淤黑，泥泞不堪，浅处没膝，深处没顶。远远望去，似一片灰绿色海洋，不见山丘，不见树木，鸟兽绝迹，人烟荒芜，没有村寨，没有道路，东西南北，茫茫无限。人和骡马在草地上行走，须脚踏草丛根部，沿草甸前进。若不慎陷入泥潭，无人相救，会愈陷愈深，乃至被灭顶吞没。草地区域气候恶劣，晴空迷雾变幻莫测。每年的5月至9月为草地雨季，使本已滞水泥泞的沼泽，更成漫漫泽国。

1935年8月，亲身经历长征的张爱萍将军，满怀深情地写下了

《过草地》这首感天动地、撼人肺腑的豪迈诗文。

过草地

张爱萍

绿原无垠漫风烟，蓬高没膝步泥潭。

野菜水煮果腹暖，干草火烧驱夜寒。

随意坐地堪露宿，卧看行云逐浪翻。

帐月席茵刀枪枕，谈笑低吟道明天。

1965年为纪念红军长征胜利30周年，萧华将军创作了满怀革命豪情、振奋军心民心的长征组歌，共12首，其中谱曲10首，包括《过雪山草地》，公演后引起轰动，鼓舞了全国军民。

过雪山草地

萧华

雪皑皑，野茫茫，高原寒，炊断粮。

红军都是钢铁汉，千锤百炼不怕难。

雪山低头迎远客，草毯泥毡扎营盘。

风雨侵衣骨更硬，野菜充饥志越坚。

官兵一致同甘苦，革命理想高于天。

两位将军的诗歌令人振撼，豪情满怀，不畏艰难，鼓舞后人不忘初心，牢记使命，勇往直前！

回味此文，有无湿地是生命之源、湿地是诗歌之泉的同感？但愿你我感同身受。我们应珍爱湿地，保护湿地，决不能侵占挤压污染湿地，让湿地生物链、生命网自然生存生长，繁荣昌盛。

让我们同怀感恩之心，亲近自然，拥抱湿地，与地与水，和谐共处，生生不息！

今非昔比　体悟深刻

我出生农村，是农民的孩子，大学毕业参加工作还在农村，从事农村基层党委书记（先任公社书记，后为乡党委书记）。十一届三中全会后，亲身经历了农村家庭联产责任制改革，感受今昔巨变，翻天覆地。现书写回顾，颇有感怀，深有体悟。

烦恼透顶　压力山大

1978年2月，我被溧水县委从县委宣传部调任晶桥公社党委书记（当时还叫新桥公社，1984年3月才改为晶桥乡）。

我从大学毕业，到县高级中学任教，再进县机关任职，基本上算是个“三门”干部。担任公社书记要负责党政军民学全面工作，要总负责，负总责，压力很大很沉重。特别是面对计划生育，农田水利建设，催办“两上缴”，处理社会突发事件，俗话所说的农村干部的“四怕”：一怕女人肚子翘，二怕男子扛大锹，三怕“两上缴”，四怕不安全事件“突然冒”。既然任这个职就得担这个责。正如俗话说：既是龟就得驮碑，既是头就得挑头。纵然千难万险、百般烦恼，也得忍受，也得担当。

顶着后进帽子　狠抓计生工作

计划生育当时是我国的国策，之前任何时候都未放松过，即使在动乱的年代也紧抓不放。晶桥公社是个偏僻的地区，也是计划生育的后进公社，我一来就戴了一顶后进帽子，县委书记为此专门找我谈话，感到压力很大。在公社党政联席会议上，同事们说计划生育工作是个老大难问题，陈书记你老大一挂帅就不难。我说：不错，我不推责，大家也要各负其责，团结协作，计生工作这个老大难也就不难了。接着我就把计生工作和全面工作的指标责任明确分配到人，包干到大队，严格检查，月月汇报，奖罚兑现，决不含糊。

我们对老百姓抓计划生育、讲优生优育，而老百姓理解的是如愿生育、生有男孩，不孝有三、无后为大，不生男孩不罢休。你抓你讲，他就躲就逃，躲猫猫，拉锯战，抓计划生育十分困难，既要有决心，又要有耐心。

一次，我包干大队的大队妇女主任从外村带回了已生了2个女娃又怀了孕的妇女回到大队部，我耐心与她讲政策，说道理。她痛哭流涕地说：她不生男孩在婆婆眼里没地位遭冷眼，她婆婆在村民中也没地位，遭人骂“绝八代”“断香火”“无人养老送终”。我带着同情心同理心与她讲国策说道理，又讲你已生了二胎，缴扶养费遭罚款，再生三胎决不允许，再说若又生女孩你还要生？听说你丈夫为生二胎还威胁上门做劝说工作的乡妇女主任哪。在旁的丈夫说：算命瞎子认定我老婆二胎是男孩，我当然不顾一切去保了，况且我妈也为生个孙子急疯了。我说：亏了你没出格做了傻事，好歹又给你媳妇生了，又是女孩，你们只好认了，女孩也很好，只是绝对不能再超生了。好说歹说，她与她丈夫终于同意到医院做节育手术。这一天是周日，刚上小学的大女儿陪同爸妈同去，路上女儿把刚从老师那儿学会的顺口溜说给爸妈听。“生男生女都一样，女孩更孝爹和娘。男孩女孩培养好，长大同样做栋梁”。这对爸妈听了十分惊异。

在首次公社计划生育工作“月汇报会”上，各大队蹲点公社干部大都自信地汇报了抓计生工作的进展，节育的人数，但也有未能打开局面的。会上我再动员，交责任，讲方法，求效果。由于态度坚决，方法得当，责任到人，包干到大队，全公社计划生育工作逐渐打开局面，有了进展，但任务仍很艰巨，离县委要求，离先进单位要求，尚有不小距离。我心里还是压着一块沉重的石头。

一役又一役会战水利工程

农村水利建设这般大事难事正让我这刚上任的书记遇着了，一共有两次规模大的水利建设工程。一次是全县在晶桥本地修建秋湖灌区、开挖新桥河的工程；一次是到外地江宁县开挖秦淮新河的工程。两次水利工程，一次比一次规模大。第一次是全溧水县组织动员，在本地施工，劳力早出晚归，吃一餐午饭，开销还比较省，好办；第二次是江宁、溧水、高淳三县组织动员，驻在江宁县铁心桥施工，全部出工出勤人员需带铺盖粮草食宿，一干近一个月，一日三餐，花费开销很大，基层干部感到工作难度大压力大。

组织水利大会战要一村一队、一家一户进行劳动力动员，但总有人有原因和困难不能不愿参加的，需要跟进反复说服动员，有的甚至要下死命令，以杜绝众人仿效。还不时地要处理施工中遇到的矛盾纠纷，如有的生产队带的米粮和猪肉被偷了，该队农民工吃不成饭开不了工；如工地上队与队之间都留有谁都不想挖的土山墙，高到倒下会砸死人，我们就要常去现场处理。公社所有生产队的主要青壮男劳力外出挑挖土方，留下大部分是老人妇女，防盗、防灾、防奸等社会治安任务格外沉重。这都需要公社党委、社委会严密组织，分工负责，逐级落实，如有不周，就会出问题。

开新桥河、秦淮新河先是上级党委政府决策，然后就是水利部门组织水利工程师、工程员到工地现场按河口宽、河床宽及河深度、河堤坡度测量放样，打桩、拉线，分段划分土方任务。接着公社开会组织动员各大队生产队劳力上工地开工。开工并没有领导在现场动员发号令，各地各单位争先恐后，先后陆续到达，先到先开工。工地上人逐渐多起来，人山人海，上上下下担土的人流，远看像蚂蚁一样川流不息。工地上高音喇叭不时播出豪言壮语："千军万马聚工地，众志成城泰山移。敢叫江河换新貌，青山绿水遂民意。”还播出工地比学赶帮超消息通讯、施工注意事项、各种重要通知和一个接一个的歌曲戏剧节目，民工们听了很兴奋很带劲，忘记了苦和累。

挖新桥河工程期间，我乡还组织了一场富在圩机电两用排灌站新扩建工程。我趁县水利局局长经常到新桥河水利工地检查工作的机会，向他现场汇报争取了这个工程及大笔资金支持。紧接着便组织圩区四个大队劳力开挖排灌水渠，建设排灌站，仅花三个月时间便建成了当时县里示范性的排灌工程——流量最大的机电排灌站。

在大型水利工程施工期间，我从工地到公社两头跑，但大部分时间被绑定在工地上，在一线掌握情况，靠前指挥，与农民一道挑土爬坡，出力流汗，心里还被许多操心事、担心事、烦心事魂缠梦绕着，不得一丝安神，脸黑体瘦，但在众人面前还得强打精神。虽然遇上水利工程让人烦恼不已，但心中却尚感宽慰，毕竟我晶桥公社为新桥秋湖灌区提水工程出了力，确保了山区几个公社的土地抗旱保丰收；为开通秦淮新河出了大气力，作出了大贡献，改善了大流域的水系成网配套，使灌溉、防汛、航行、运输更加有利了；特别是富在圩新扩建机电排灌站的工程，确保了富在圩万亩良田旱涝丰收，使本公社人民直接受益，大受欢迎。真是：劳而有成，苦中有乐！

冷不丁遭遇突发事件

党的十一届三中全会后，解放思想，实事求是，文化生活逐渐丰富活跃，八亿人民不用只是盯着八个样板戏，老电影可以重播了，连进口美国电视连续剧《加里森敢死队》也可播放了。当时，看片真是欢快踊跃，万人空巷。就在此背景下，晶桥公社前后出了两件意想不到的事：一件是在放映《梁山泊与祝英台》电影时，因人多拥挤将墙推倒压死一男一女；一件是公社人武部枪械库发生盗枪事件。这两件突发事件，真真地让我遇上了，只能顶真碰硬、快速处置。

对于第一件事，将被砸的一男一女立即送医院抢救，结果男女双亡，紧接着分头安抚亲属，处理善后，进行抚恤。真想不到天堂人间悲喜相通，更想不到银幕上的梁祝悲剧会演变成现实。

第二件事，发生在江宁铁心桥开挖秦淮新河期间。电话打到了工程会战指挥部，说晶桥公社机关发生了盗枪事件，人武部的枪械室屋顶洞开，少了一支步枪和几十发子弹，要我速回。我火急火燎地赶回公社，与前来破案的县公安局局长一起紧急研究案情与破案线索。据已控制的一嫌犯初步交代，盗枪共二人，他们是看了电视剧《加里森敢死队》，被里面的人物情节所激励，仿效其中“英雄”人物而采取的行动，并准备去抢银行。他交代还有一同伙名叫邓军（拟名），也是新桥中学初三同学。此人恰是公社管委会邓主任之子，我毫不犹豫对县公安局长说：立即控制起来。让嫌犯一看此人不是，而是另一邓军。虽然此邓军释然，但是我与公社管委会主任之间有了隔阂，特别是他家属怨气很大，我再三登门赔礼道歉而不得解，心中真不是滋味。

此案很快侦破，在新桥河河堤浓密的芦竹深处找到了用塑料布包裹的一支长枪和几十发子弹。万幸的是未发生开枪和伤亡事故。未破案前，我心一直悬着，生怕发生枪响，死人，死许多人，天哪，没有发生，谢天谢地。

硬着头皮强抓“两上缴”

“两上缴”也就是老百姓谓称的“皇粮国税”、集体提留，是农村干部必须完成的硬任务，是检验你有没有国家观念、集体观念的试金石。这两上缴任务在“三级所有、队为基础”时执行还比较顺当。一般在夏秋两季，由生产队按规定自行留足钱粮，向公社粮站交售公粮时按规定扣除“两上缴”，但到了包产到户时，执行“两上缴”就困难了。生产队长、会计为了完成任务就上门去强行收取粮草和钱款，否则如农田水利工程等公益事业及军烈属五保户待遇等支出都无法得到保证。

为此，我们公社干部每人都要分大队包干，进行检查落实，这是件令人烦心的事。随着农民进城务工创收的人数逐渐增多，成了一种挡不住的趋势，完不成两上缴的户数逐渐增多，农村干部肩上的压力越发沉重，真难办。难办还得办，硬着头皮死扛，任务勉强完成。

时过境迁　今非昔比

从我任职公社书记起，从公社政社合一到乡政社分开，从队为基础三级所有到统分结合家庭联产责任制改革，历经40多年的改革开放，农村与全国一样发生了天翻地覆的变化。农民几千年要缴的“皇粮国税”全免了；计划生育不再限只生一胎而是可以普生三胎了；农田水利建设不再搞千军万马的人海战术，而是实施机械化作业；农村社会治安实行综合治理，法制健全，突发事件鲜有发生。可以说农村干部不再有“四怕四难”了，这多好啊，多轻松，多省心。真不敢想，绝对难料，今非昔比，果不其然，果真其然。但是作为过来人感到不习惯，不放心，总觉得缺了什么。

一是没了扛大锹的怕，少了农田水利建设的难，但缺失了干群团结、万众一心改造河山的壮观场景。往昔，农村干部逐级贯彻，逐户动员，汇聚千军万马，会战水利工地，开河筑堤，修建水利设施，那真展示了人民战争的威力，展现了人民群众是创造历史的主人。据当时的专家统计，那时10亿立方以上的水库就修建了8.6万座、河渠16.5万公里。随着农民工进城务工创收、城市化进程加快，农村青壮年劳动力市民化，留守的大多是老头老太和儿童，在这种情况下再也难以动员组织起以往农村水利建设大军，也只能靠挖土机、推土机施工，有了各式机器，但缺了万众人气。

二是没了“肚子翘”的怕，少了计划生育的难，但也缺失了育龄男女生育的强烈欲望。我国自实行计划生育以来，共控制少生4亿多人。计划生育这项基本国策已成了人们的固定观念，只生一个好也成了育龄男女的定律，在亟需改变低生育率、缓解老龄化趋势、许可普生三胎的政策情况下，却没有了生育激情，有相当多的人不想再生二胎。试想，如果让当年经受计划生育工作被限制生育的育龄夫妇面对如今的好政策，会有多么兴奋，对现在有人放弃生育是多么惋惜。今非昔比啊，但这却让人深思：如何防止我国老龄化严峻趋势，防止低出生率，延续获取人口红利，是个关乎民族世代兴旺昌盛的大课题。

真实人与虚拟人：谁主沉浮？
——对真实人与虚拟人的认知及遐想

当今科技发展突飞猛进，加速了生产、生活和社会的发展速度，改变了人们的活动方式，甚至感受方式。

人不仅存在于客观世界，也存在于元宇宙，即人不仅存在于现实世界，也存在于虚拟世界，人不仅有活生生的生物的人，也有虚拟的人，而且这“两种人”同时共存，相互交流互动，这也是不得不承认的一种客观存在。这让人发懵发呆，不可思议。马克思说“人是社会关系的总和”。人的本质是社会关系，首先是人与人的关系，现有现实人与虚拟人，人是如何作总和而成的，值得研究。随着科技突飞猛进，互联网、大数据、区块链及相关技术的广泛应用，人的智慧和创造力达到新高度新阶段。信息革命是从数字化开始发动的，网络化将其提升到了非常重要的阶段，进入了智能化阶段。奇了，厉害了，人能造人，让人造的人干活，干体力活，干技术活，干脑力活，干艺术活，干得比真人还好，真神了。人原先只知道造动力机器为人干体力活，后来造出了机器人为人干技术性的体力话。这些机器人由动力、扫描、传感等组成，有智能，而且智能化水平越来越高，它能干高精尖各种技术活，包括医疗、爆破、航空航天等技术活。而且这些机器人不分男女，不要福利，不要社保医保，可以任意让它连续干24小时活，不知疲倦。

现在我们看《新闻联播》，往往看到工厂中只有机械手在工作，已经见不到工人操作机床的情景了，工人被机器人替代是一种趋势了。

更为神奇的是，人还能创建虚拟世界——元宇宙。

元宇宙由科幻作者Nealstephenson于1992年的著作《雪崩》中首次提出，它是一个脱胎于现实世界，又与现实世界平行、相互影响，并始终在线的虚拟世界。2021年被称作全球元宇宙元年，2022年被称作中国元宇宙元年。

元宇宙是用科技手段将众多工具和平台不断链接、融合、进化而形成的，与现实世界映射和交互的虚拟世界，具备新型社会体系的数字生活空间。

在元宇宙里，造了许多具有个性特征的虚拟人、数字虚拟人、智能虚拟人。这些虚拟人通过建模、动作捕捉或AI，制作有外貌特征和行为模式的虚拟形象，并通过设备（如VR、AR、MR、XR等）呈现出来，具有沉浸感、参与感和互动感。

各式虚拟人干着各式诸如主持、银行、会计、导游等服务工作，特别是能充当偶像在线上或线下现场表演，并与真实人进行对话互动，具有沉浸感、现场感。

真实世界中，专家及他所在企业、科研单位，花巨额投资制作各式虚拟人，并使其产业化、商业化，带来迅猛发展的效应。虚拟世界不虚了，虚拟人也是“人”，是个“能人”了。真人对其另眼相看了，要高眼相看了。

虚拟人是一套数字资产，是代替真人进行生产的一种工具。5G网络、人工智能、大数据、加密货币等因素，构成一个全新消费生态系统。虚拟人产业到2030年，将达到2700亿市场规模。

人制作的机器人，它存在于客观世界，它除了程序外，还有实实在在的形态“身体”，存在于物理空间；而人造的虚拟人不存在于物理空间，只是程序、数据，仅需通过图像设备来显示。

但是随着数字化、智能化不断提升，现代科技开始聚焦元宇宙中智能文本交互、演化、生成，尝试提供一体化引擎，以支撑虚拟人与机器人的云大脑系统，将智能内容产出与硬件机器人结合到一起，相向而行，深度融合，形成虚实混合的世界。

数字世界和物理世界之间是可以打通的，未来我们看到的场景，有虚也有实，这就涉及虚实融合。

特别是随着5G技术的深入普及，以VR（虚拟现实）、AR（增强现实）、MR（混合现实）为代表的XR（扩展现实）技术在实际应用中的数据传输速度与吞吐量大幅提升。5G与XR融合发展加速了应用场景的拓展，为传统行业带来巨大的市场潜力和发展机遇。

其实，在现实世界里还有一种真实人也能创造“虚拟人”，这就是那些文学家、作家。他们创作的这些虚拟人“有血有肉有情感有故事”，来源于生活，但他们并不真实存在，他们存在于故事、小说、影视等文学文艺作品中，有的只存在于神话中、童话中、鬼怪故事中。

现实世界每个活着的人，都会常常会想起或梦见“虚拟人”，或者说也会回忆创造虚拟人。

这些“虚拟人”是逝去的先人、亲友，原先他们真实存在着，与我们朝夕相处，后来走了，但他们仍活在我们心中、脑海中，也成了虚拟人，忘不了的“人”。

清明时节，是活人祭祀祖先和逝去亲人的日子，被祭祀人都被活人唤醒，供着，敬着，他们“活”着回到世界，与活人团聚，花着后人烧给的纸钱。

所有假人、机器人、虚拟人、数字人、智人、神仙鬼怪、先人祖宗，及故事、小说中的人，都是活人、真人创造的，编造的，忆造出来的。不会创造编造忆造“人”的人，他就不是人，不是真实的活人。

真实活人是本源，本源不存，一切假人虚拟人都将不在。现实世界有真实活人，也存在假人虚拟人，而且后者的数量是前者的十倍数十倍甚至更多，而且后者的能量、产量、效率、效益也是前者望尘莫及的。

现实世界就是活与死、假与真、虚与实共生共存，相互衍生促进，而且随着科技发展，手段工具的至臻完善，人将越来越是人啦，是神奇的人啦。

人能造人，靠的是真实人有智慧，有丰富的想象力，有创造力，靠的是科技革命、信息革命达到智能化新阶段，拥有了种种科技信息工具和手段，真实人才能造出“虚拟人”。

今后到底是“虚拟人”还是真实人主宰世界，还真让人担心。

手机的扩张功能、带来的变革和使用者的自我迷失

人类制造使用工具，延伸了手和大脑的功能，并无以复加地不断改进，有效地运用于生产、生活和战争，产生了无数人间奇迹。

人们像神仙拥有了各种神器宝物，发挥着各式致胜威力。

随着知识爆炸、科技更新，当今社会的人们几乎每人手中都握有一件神奇宝物，那就是智能手机。

它功能种种，威力无比，每个人都成了“低头族”和“崇拜者”，眼一刻不离，全神贯注，到了鬼使神差地撞墙、迎汽车，丢了孩子也不知的境地。

下面，就来谈谈手机的功能、作用和使用者的自我迷失。

手机不断扩张的强大功能

刚出的手机是很笨重也很贵的“大哥大”，它最初的功能是摆脱受束缚的固定电话而能随时随地自由地进行通话，大受流动性很强的工作者的欢迎。

与“大哥大”同时存在的还有寻呼机，可传递文字信息。随着手机的改进，体积小而轻且功能多了，具有了通话和收发短信的双重功能。手机从模拟进入数字，更因植入高速精细的芯片后，智能化了，容量逐渐增大，能负载各种APP软件，功能不断扩张拓展。它能通话发短信，能照相摄影，剪辑转发照片录像，能书写编辑图文传递

打印，能收听收看音乐电视电影图书，能及时互传重大新闻和各种信息，能识途导航自主旅行，能快递网购自由付账转账，它还能遥控各式家电运作，能远程就医，计算器、手电筒、指南针、导航仪、字典辞海、语音文字翻译器等功能，它一应俱全……

它近乎替代了照相机、录像机、收音机、电视机、电脑、传真机、影视编辑机、国内国际长途电话电报、邮政投寄、实体营业店、纸质图书阅读……

特别是手机开创了微信这个窗口，打破了时空的阻隔，开辟了人们交际交往交流的新天地，让地球真正成了近在咫尺的村庄、分处天涯海角的人们成为近邻。

手机将种种功能密集于一体，成了万宝箱；使用快捷方便，心想手到事成；既能一人独行独往，又能与众人相聚共商；想查想看想购什么，立竿见影，立刻兑现。我们都是手握万能神器宝物的神仙，而手机随着3G、4G到5G，那功能就更多更快捷，使用更加得心遂意，更让人爱不释手了。

手机带来不可阻挡的变革作用

蒸汽机、油气机、电动机在人类社会生产力发展及社会关系变革上，产生了强大历史推动作用。而手机在此方面的推动变革作用，不亚于上述机器。前者是替代放大了人的体力，而手机（先是电脑）替代放大了人的智力，它的推动变革作用或许更甚更远。

首先，手机带来了信息产业革命，促进电子产品不断创新。科技革命，带来了产业变革和产品创新。由座机电话、台式电脑演变到可以自由自主移动的智能手机，是一次重大的连锁式的信息产业革命，使信息交流更自由，信息流通更快捷，信息革命效益更显著。同时，信息产业革命促进了一系列电子产品变革创新，其产品或是消亡，或是改进，或是新生。连手机产品本身也处于众多企业激烈竞争、产品功能模式花样不断翻新再造永无止境的进程中。

手机每人一部的量产，每年一次的新款，还有它的一系列衍生产品，其产生的产业革命、产品创新的效应，所带来的经济、社会效益是空前的，难以估量的。

其次，手机带来了交易方式变革，提供移动支付电子商务新模式。在互联网的条件下，手机创造出了网购、电子移动支付商务交易新模式，给以往的常规营销实体造成巨大冲击，使网上交易支付快捷简便，带来巨大生机，使快递、包装等业务兴起，大批人就业有了新岗位，也日渐形成了网上网下互联互动的良好趋势。

革命性的网购移动支付电子商务，蓬勃发展，日新月异，加快了人、财、物等要素流动，展示出未来全球商业发展新的生命力和巨大空间。

再次，手机带来了人际关系变革，构建人际关系新模式。

在人们日常家庭、单位和社区面对面的直接交往方式之外，手机又给人与人创造了网上虚拟的交往交流方式，特别是微信窗口开辟后，地处天南海北、白天黑夜的人们都可以一对一、一对众人进行单聊或群聊，内容广泛，涉及新闻、文学艺术、电视电影、私人私事等种种信息。这种人际交往交流方式，密切了人们的关系，形成了紧随时代大局的共识和情感。

手机使用者的自我迷失

人们拥有手机、享用手机、迷恋手机，人成了科技时代手机的崇拜者，人的行为方式、思维方式、生活情趣渐趋于自觉或不自觉的迷失之中。人机关系是必须认真面对的一个十分现实问题。

人拥有手机，而手机也拥有人的占新欲望。人不管有多少钱，但每人几乎都舍得花钱买上个哪怕次一点的手机，随着功能扩张、款式更新，原有手机拥有者也都会毫不吝啬地弃旧购新，及时更换新手机。

手机占有了人的财力、时间、精力和情趣。人与手机，人占有了手机，手机也捆绑了人。

人享用手机，而手机也改变人的享用习惯。手机提供了丰富多彩的信息、快捷的科技服务和密切的人际交往，手机的享用者必须以适应的方式紧随其上，因而人的思维快闪，心浮气躁，生活节奏慢不下来，心境沉不下去，产生了一闪而过、浅尝辄止、审美疲劳、不能深入思考的日趋常态的习惯。

人离不开手机，而手机却让人离弃了人的文化传统。人们有了手机，养成了不用笔书写的习惯，代之以用手机电子文档书写文章、小说、诗词、书信、文件、证件，养成了不买书、不翻书的习惯，代之以阅读电子的书籍、文艺作品、历史资料。造成了低质书信、作品手迹无以留史保存，纸质图书典籍少有人阅读的趋势。因而造成少有人书写信件，邮寄少了甚至没有邮箱投递、图书馆少有购书藏书的窘况。

手机方便了人们，丰富了生活，促进科技发展、社会繁荣，带来了人的思维方式、行为习惯、生活情趣的变革，也造成了人在很多方面，很大程度上的迷失，这是不得不正视的负面作用。

大龄男女喜结良缘

“阿祥，你来一下，帮妈把窗帘拆下来洗，快点！”“唉，来了，妈！”阿祥应着，来到妈身边，爬梯子将窗帘拆下了。母亲唤他阿祥。元旦假期，在A城工作的阿祥回到省城家中休息，帮助母亲做些家务。他的父亲因病去世两年了，母亲单身一人，做儿子的有空就回家陪伴母亲。阿祥母亲姓冯，50多岁，邻居都称呼她冯大夫，省城某医院妇产科医生。丈夫死后，儿子在外地工作，平时一人居家。她最操心的事就是儿子找对象结婚生子的大事，儿子三十出头了，也算是个剩男了，真急人。最近此事有了喜人的眉目，上次十月国庆节，儿子带了对象回家，而且肚子隆起有喜，让母亲真是喜出望外，不知有多开心了。但是元旦放假儿子却没有带儿媳回家。“阿祥，这次怎么不带蓉蓉回来，妈好想她，见到她我这妇产科医生要嘱咐她要注意一些事。”“妈，蓉蓉她回B城自己父母亲家去了，您别操心了！”“噢，有自己母亲照顾我也就放心了。”阿祥知道自己上次带蓉蓉回家，她玩的花样让母亲满意开心，成功了。这是阿祥与蓉蓉事先合起来欺骗母亲的把戏。一来可以让母亲不再在耳边唠叨，催着找对象了；二来也可以让母亲高兴一阵子，欢欢喜喜过日子。阿祥与蓉蓉在省城某一高校是同班同学，毕业后都未留在省城，而一并被分配到省内两个临近的二线城市当中学语文老师，经常往来联系，有困难在朋友圈里相互帮忙。这个假戏真做的情节，都是在这个朋友圈里反复商量过的。蓉蓉也过了29岁，是个人们心目中的剩女。上一次作为长期找不对象的剩女，由阿祥作为男朋友上门找蓉蓉相亲，这让蓉蓉很有面子，她的父母也很高兴。不过那次蓉蓉父母虽然诚邀阿祥留宿家里，但阿祥怯于情理只是选择在附近的宾馆住宿。而这一次，蓉蓉却大胆作为，更是被阿祥的母亲强留宿在家，而且是安排在同一房间同一张床。那天晚上，两个“热恋的男女”一回生二回熟，一来一往，真成了“熟恋的男女”，到了深夜，难分难解，成为一体，弄假成真了。

怎么办，真会生米成熟饭，两个人对自己演绎的行为心生胆怯，但有一念之差，偶尔一次，不会百分百有成，看看再见结果吧。蓉蓉过了一个月未见红，又过了一个月仍未见红，心慌了，生米煮成熟饭了，要认真对待了。她马上面见阿祥，问怎么办，游戏成了真实故事，故事如何搬上台面，面对父母乡亲？那只有假戏真做，一做到底了。蓉蓉按与阿祥商量好的意见，写了段微信给阿祥妈，细说了事情的缘由。这信是这样写的：“阿姨您好：我与阿祥是好朋友，但没有到形成事实婚姻至隆起肚子的地步，那是装的，现在‘肚子’已经拿掉，仍旧是个姑娘。那是我与阿祥商量好得让你放心高兴地自以为是的办法，但事实上弄巧成拙。你看我们都已经亲密到那样了，于是你就顺着我们编的故事往好的方向走，你一个母亲爱儿的热情硬生生地赶鸭子上架，让我俩在一室一床上睡觉，造成了我们事实‘婚姻’，后悔不已，我们现在不知怎么办，阿姨，今后要改口叫妈了。”冯大夫收到信后，先是一惊，后来想明白了，原来这两个孩子是装样子哄骗自己，好让大人开心，也就不气恼了，反而大度地给蓉蓉回了一封微信。“蓉蓉：你的回信收到了，如此坦诚，袒露实情，让我很感激动容。我心想母爱真让你们俩融合在一起，造成事实婚姻也不必后悔，只要你们真心相爱包容就行，是妈错了，妈的错就是爱，爱你们相爱。蓉蓉，你与阿祥都已是我的孩子，我还在盼抱孙子呢。只是你真怀上了要听妈这个妇产科医生的话，要注意这些事……”蓉蓉收到回信后，长长地舒了一口气，心里很是舒坦，她被母爱感动了，被妈妈拥抱了。蓉蓉她立即将此信转给了阿祥，说了自己的心情想法，要求他有相应的表示和表现。她马上收到了阿祥的承诺回复，并期盼他的行动。在单位上班的阿祥虽然身在异地，心都飞到了B城。他先心怀激情地给他的即将成为妻子的父母写了段微信："叔叔阿姨好：自上次登门拜访，受到你俩的热情接待，与蓉蓉也谈得很融洽，从此后我们就成了好朋友，现在我俩虽然在邻近的两个城市中学任教，但经常相互联系，亲密接触。上次国庆节假期，蓉蓉她还特地到我家看望我母亲，我母亲非常喜欢她，待她如儿媳，留她住宿，希望与你们成为亲家常走动，她渴望这一天早日到来，我也早日改口喊你们为爸妈！"阿祥发出信的第二天收到了回信。"阿祥好：自从第一次见面，我们就喜欢上了你，盼望着你与蓉蓉亲密无间，我们早就渴望你与蓉蓉一起喊我们一声爸爸妈妈，与你母亲成为亲家。这一天我们共同来确定，选择一个吉日为你与蓉蓉的结婚日！"阿详见此回信欢喜若狂，紧接着在蓉蓉一家，在阿祥一家，在年轻男女圈子里都传开了喜讯。都快三十岁的大龄青年喜结良缘，择吉日成婚，是大姑娘、大小伙的急不可耐，也是父母的望眼欲穿，更是同伴们非凡热闹的期待日子。吉日定下了，阿祥与蓉蓉两家人里里外外忙个不停，两家人事事接洽个不完，好容易将该准备的事忙完，喜庆婚礼也水到渠成，新人三拜过后便进入洞房。这事后，那事实婚姻，那隆起的肚子，都一概成为过去，大男大女一个不剩，喜结良缘，成双成对，皆大欢喜。

2023年1月15日写于南京

加装电梯①

一

A副省级城市市政府逐步推广老小区加装电梯，出台具体政策，给予住户经费补贴，使老旧小区面貌焕发青春，为宅居老人带来了方便，更带来了安度晚年的愿景和希望。

梅园小区是20世纪80年代修建的砖砼混合结构的八幢七层老住宅小区。外立面拉毛米黄色墙体早被染成灰黑色，上下水的水管最近全都从室内移到室外，由铁管变成了PC管，使上下水通畅而不堵塞了。在实施小区出新工程后，该小区道路等配套设施一改以往面貌，深受住户欢迎称赞。

该小区一幢一单元的住户率先动议申请加装电梯，尤其是住三层以上、年长的住户十分迫切。501室的张老、韦老夫妇俩，均已是年过八十好几的白发长者。他俩近几年腿脚不利索了，爬上五楼的家十分费劲。张老一边搀扶着老伴爬一层层台阶一边说："人老腿先枯，上楼挪不开步，我们走走歇歇，把一步一个台阶改为两步一个台阶，慢慢爬吧。"老伴韦老应道："好，看我们气喘心跳得好比登山还难啊！"

501室这对夫妇都是市局处级公务员，有着稳定的退休金，刚退休时每年夏冬两季都飞到住在澳大利亚悉尼、墨尔本的两个女儿处，生活一二个月避暑越冬，日子过得十分舒心。近年来腿脚不能走动，二老再也不便去澳大利亚了。好在家里花了两三万元安了水热空调，

① 本文为小说。

感到像春秋时节一般舒适。只是上下楼成了个心病，也让两女儿放心不下。

正当501室夫妇俩刚到家用钥匙开门时，听到了随后上楼的601室的老司马和702室的老上官两位邻居的招呼声。老司马说：“二老上楼困难吧，我们联合申请加装电梯同意不？”

老上官说：“不装电梯上七楼太累人了，吃不消！”张老说：“那真求之不得啊，同意同意！”

老司马说：“政府还给补贴，好事一桩，那我们就联名打报告申请了。”

老司马刚从市政府某个部门退休，人头熟、关系好、消息灵。老上官退休快十年了，他是市机关某局办公室副主任，分管后勤，懂设计施工。这两人成了今后这个单元住户加装电梯的代言人和代理人。

702室的老上官上到了七楼自己家门口，已气喘吁吁，停了一会儿，见老伴正忙着烧中饭，便又上了楼顶，先从北面从上往下观看，他用眼度量着空间距离，要安装电梯觉得能容得下，车子能行驶，只是北面靠一单元楼梯口两旁的女贞树树枝要修剪，否则会影响电梯井的安装。北面楼幢的女贞树四季常绿，春季开满一撮撮碎白小花，然后结成绿豆一样大小的果实，鸟会吃它，它也会落到停放楼旁树下小车挡风玻璃下的漏水漕中，让驾驶者清扫不已而讨厌它。北面楼墙面上还外挂了新加装的白色上下水水管，显示这老小区楼幢的旧史新貌。楼幢南面灿烂阳光下一排生气盎然的桂花树正开着花，散发出浓浓香味。还有楼顶上安装的一排排太阳能热水器，为住户送上免费热水，首先是方便了顶楼的住户。只是老小区楼幢距离不太宽畅，冬天到了下午一二点钟，一楼的住户就见不了阳光晒不了衣被。此时，楼顶的老上官看着想着，顶楼阳光好虽好，但不像是一楼抬腿就进家门，而要天天爬楼真吃不消，要是加装了电梯，那就好上加好了，心怀里的愿景更热切了。他喜滋滋地推门进了家，见了老伴就说，我们可以加装电梯了，要是装了电梯，那我们买米就不要担不要扛，不要再受罪了。老伴头也花白年近70岁了，她动情地说："要是真的装上电梯，那就太好了。"

清晨，老司马、老上官俩按习惯，来到住家附近的大学操场上进行晨练。跑道上尽是年轻学子在跑步，而他们在操场的一角一边打太极拳，一边就商量开了，着手一户户动员加装电梯的事情。老司马说："昨天晚上，社区李主任已招集我们一单元14户户主开了加装电梯的动员会，李主任作了动员提了要求，街道赵主任也在会上讲了话，对我们率先加装电梯给予了大力支持，接下来那就是看我俩被推举作为一单元住户代理人，一户户走访行动了。"

老上官说："好，我先走访二层以上双号住户，你先走访二层以上单号住户，然后我们碰头再去找一层单双号的两家住户，重点是听他们的意见，请他们同意支持。"

老司马说："我也正是这个意见，好，那我们三天后会面碰头。"

第四天晨练时，两位代理人又在大学操场会面了。"怎么样？"两人同时在问。"都一致同意！"两人同时喜形于色地说道。老司马说："我在征求各户意见时，签字特别爽快，尤其是501室的张老特别积极，还一再希望我们抓紧！"老上官说："我走访的6户也都爽快同意签字，只是602室的王老自从她丈夫走了后自己又长期生病，生活困难，她说要一下支付一笔可观的安装费一时有困难。""到时我们可以帮助！接下来从今天开始，我俩去走访一层的两户，他们也会同意的。"老司马说。"好，今天晚上去，但愿不会碰钉子！"上官应道。

当晚近七时，两位代理人来到101室，见老杨刚吃过晚饭，听他说老伴送孙子去上辅导课了，说明来意后，老杨回说：“社区开动员会我也去了，这事政府号召，大家有迫切愿望，我家不反对。”

老司马说：“那就是说您同意了，谢谢，那么再请您在征求意见表上签同意，我代表高层的住户感谢您。如有意见，或有何不方便之处给我们提，好吗？”等老杨签字后，两位随之起坐离开，上官说道：“代我们向您老伴表示感谢！”

两人接着来到对门102室老吴家，按电铃无回音，又见家里无灯光，无人在家。他俩只得离开，来到墙拐角空地上再等待。老司马说：“老杨与我同时退休，为人正直，今天表态爽快，好！”老上官说：“那就只剩老吴一户了，如果他同意，那就成了！”等了好久仍不见老吴家有人回来，两人正准备离开回家，老杨忙出来告诉说：“老吴一家人出远门了，要十天后才能回来。”两人忙表示感谢，上楼各自回家，准备届时再来上门拜访。

十天后的午后二点多钟，司马和上官两人又上门来到102室老吴家，老司马先问候老吴走远门回来了，辛苦了。老吴手理乌黑头发答道：“自己与老伴开车去杭州游玩了！”说着老伴老闻也出来打招呼让座。老司马说：“听说你俩回来，就上门来商讨我们单元加装电梯的事，想听你们的意见要求，请求予以支持。”

老吴说：“这是件好事，我们不反对，但是我们不同意，更不会签同意两个字。”

老上官说：“老吴、老闻，我们是快20年的老邻居了，能否体谅我们老腿爬高层的困难？”老吴回道：“我是在市法院从事法律工作的，我懂得依据《物权法》维护我们一层住户的权益。不错，我们是老邻居，都要居家养老，维持平静无妨碍的居住环境。加装电梯影响了光照、视线、道路，增加噪音，难以适应难以接受！”

老闻她这个退休中学老师接着说：“这也是我们底楼层的难，

是与高层爬不动不同的难，同样也是难，你们也要设身处地给我们考虑，给予我们支持。”

老司马说：“好，我们都换位思考，不过你们说的对一楼的种种影响，在加装电梯时可以尽量避免克服，而高层爬不动的困难，像501室的快90岁的张老、韦老爬楼确实是层层难迈步步艰难呵。我们恳请你们再考虑考虑我们的愿望？”初次商谈也只能说到如此这般，老司马、老上官说着打扰了、对不起之类的话带上门离开了。

他俩一起爬上6层老司马家，议论面对第一次碰了钉子怎么办。“唉，一路商量下来都很顺利，想不到最后一户这么不好商量不给面子，碰了个硬钉子！”老司马气愤气喘地说。

上官接着说道：“平时见面都很客气，又是干法律工作的，怎么会这样强硬地拒绝呢，想不到啊！”

老司马说：“这才是第一次接触，别心灰，接着继续上门再商量求支持，街道赵主任不是要求我们充分商量吗，那我们就坚持不懈，坚持持久战！对了，我们应当及时把上门征求意见的情况，特别是102室的意见向社区李主任和街道赵主任作个汇报，争取他们支持。”

“好，只能这样，不灰心，该坚持不懈，应该做的工作我们接着做。对了，老司马，我把加装电梯的规划申请和接下来的施工申请报告按要求准备材料报上去，走程序，不落进度。”上官接着说了这番话后起身准备回七楼自己家了。

“好，别生气，该干什么还干什么，你说的这两件事正要抓紧做，辛苦了！噢，明天去社区先向李主任汇报。”老司马边说边送上官出门回家。

近期来，老吴、老闻老俩口子发现上下楼的邻居老是朝自己102室大门口探望，心想我家不同意装电梯成了众矢之的了。“不同意就不同意，那是我们的权利。”吴老对着老伴赌气地说。

“吴老院长在家吗？”四十出头精干的女性社区李主任在敲门。

“在，等一等！”闻老开了门，忙应道，“噢，李主任来了，请进！”

“啊，闻老师也在家，老院长也在，好！”李主任说道：“今天特来拜访，想给你俩说说加装电梯的事。加装电梯是居家养老、方便老年人的一件好事实事，政府是倡导支持的。据国家《物权法》和市政府加装电梯的办法都明确了有三分之二以上房产业主及其三分之二以上人口同意的情况下，老住宅单元可以加装电梯。当然，要单元业主住户协商同意，不获该单元住户同意，特别是一层住户的同意签字硬来不行，不利于邻居和睦相处。我们社区希望大家充分协商，把加装电梯这好事办好，让单元住户和谐相处。请吴老院长、闻老师有意见建议尽管提出来，好好商量解决。”

闻老师说：“老司马、老上官两位来过征求意了，我们也表态不愿改变平静的现状，也一样要在这里居住养老，不要给我们添加额外干扰。”

老吴接着说：“李主任你说的我们听明了，让我们好好想想再考虑考虑，好吗？”

“好，应当应当！”李主任说着起身离开了。

“看来不同意就不会放过我们了，而且只有我们一家了，对门一征求意见就同意签字了，这么好说话，我过去问问。”老吴说着就迈进对门家。

“你家老杨不在家就你一人在家？”

老姜回应说：“对，老杨出去了，有事吗？”

“我就是想请问我们一单元加装电梯你家就无条件同意了？”老吴问。

“我家老杨是同意签字了，那天我不在家，条件我还是要提的，除政策规定的补偿外，加装电梯那要等到我孙子中考以后，不能让加装电梯施工影响小孩晚上学习，至少半年内不能施工。”

“对，条件一定要提，不能轻易答应，我们还没有同意呢！”老吴说着回家了。

晨练结束时快八点了，老司马与老上官俩往回走到小区一单元拐角处摆有各种运动器械的操练场所时，巧遇到了501室的张老和102室的老吴在此摆弄吊环和转盘活动筋骨。“您二老好，你俩也在活动活动身手。老吴遇上了我们也就顺便商量商量加装电梯的事，刚好请张老也参加说说他老两口的困难，好在这里就剩我们四个人，还有石桌石凳坐坐，好吗？”老司马说着请大家坐下。

“老吴呵，老院长，您帮帮我们吧，我老两口都快九十岁的人了，腿脚不便上下楼，太困难了，恳求同意让我们加装电梯吧，前几天我去看了已加装好的电梯确实好，上下方便，无噪音，让人眼馋。”张老动情地说。

“是的，上次你老吴提出的加装电梯的光照、噪声和空间通风通道方面的影响问题，是要认真考虑认真对待，并要尽量避免克服。”老上官接着耐心说。

“我们都是老邻居了，各家居住的楼层都是最初分房时定下的，楼层高低各有利弊，不能怪哪个人哪个户，只能自己认。现在人老了爬高层难不能怪我们一层吧，那我们晒不到太阳哪能就怪高层，要高层帮忙解决呢，哪有这种道理！张老不是我不给您面子。”老吴平静而强硬地说。

“老吴不是责怪您一层，只是请您体谅帮忙支持。现在市政府倡导支持老小区加装电梯，符合《物权法》九十七条规定，在李克强总理去年人大报告中也有老小区加装电梯的要求，这不是给我们老小区指了路带来了希望吗，我们也不是无事找事啊。我们是要体谅一层的难，同时一层也体谅高层的难，相互理解，换位思考吧。”老司马坦诚说。

“你们三人跟我一个人说，这在理吗，不跟你们说了，反正我不同意不签字，我有一票否决的主张，拿我怎么样！”老吴生气地说着，离座回家了。

张老气愤了：“油盐不进，怎么会这样难商量呢？”

老司马：“我们已经领教过了，别气别急，只能慢慢来，耐着性子，一次一次再商量！”

老上官：“气有什么用，急又有什么用，只能耐着性子啊！”三个人低着头爬楼回各层各家了。

二

“小谢，你去通知梅园小区一幢一单元102室老吴老闻老俩口、101室老杨老姜老俩口、601室老司马和702室老上官，今晚到社区小会议室开个加装电梯的协商会。单靠他们双方协商有些话还不好讲，还得由社区出面，帮助进行政策宣传、业务指导、矛盾调解。”李主任对社区办公室谢秘书明确交代说。“唉，我上午就去！”谢秘书应答着，下到小区逐户逐室通知到了每个人头。

当晚七点钟，除了102室的两位，其他人都到齐了。社区办公室小谢忙着招呼大家在长方桌旁找座位，并先后给每人送上一杯刚泡的茶水。又等了一刻钟，老吴、老闻终于到了。

“好，人到齐了就开个小会，当面协商加装电梯的事。老司马、老上官是你们小区一幢一单元加装电梯业主推选的两位代理人，老吴夫妇、老杨夫妇两户是不受益的底层，今天我请你们来平心静气地商量加装电梯相关问题的解决，有何具体意见建议，好吗！”

“好，我先说。这是政府倡导支持、受老百姓欢迎的好事实事，我们不反对，刚征求意见，我就签了字，但好事要办好办实在。”老杨畅快地说。她老伴老姜接着说：“加装电梯工程施工对我们一层的影响最大最直接，我孙子今年要中考，不能因施工影响他学习睡眠，我家要求加装电梯至少中考前不能施工，如果施工我绝不答应。”

老吴接说：“中考后也不能施工，我家还没有同意签字呢！就是我们一家未签字，但我们拥有一票否决权。为什么高层的条件改善要以我们底层作牺牲。加装电梯后高层既得了阳光又得上楼如履平地的便当，一层既得落水落尘落脏又得挡风挡道挡阳光。高层住宅可以升值了，而底层却只能贬值。好处都被你们占了，我们为什么就无条件同意。”老吴的老伴老闻接着说：“我们不讲任何条件，就是维持现状，让我们相邻相安无事，平静平安地照常生活养老。”

“噢，还有我们楼前道路那么窄，开个车进出都勉强，再加装电梯还让不让我家的车子进出了！”老吴接着又说。

老司马说：“我们首先要代表高层的各家感谢一二层对加装电梯的表态支持，对老杨家提出的要求我们会妥善考虑的，该给一层的补偿也会兑现的，按市政府规定办事，请放心。老吴刚才说的话也是实话心里话，我们高层应当体谅。老吴我们谈过几次，恳请你家同样也体谅高层高龄的人爬不了楼的困难，同意让加装电梯吧！暂时不同意，不急，我们耐心期待。行车道路问题，我们可以考虑把自行车棚往后挪一挪，刚好二单元的住户也有这个要求，可以有法解决！”

老上官接着说：“老吴你说的底层照不到阳光晒不了衣被的困难，我们也可以想办法解决，加装电梯后在楼顶再加装玻璃房，一层花半分钟就到顶楼，放心地在专用玻璃房里晒衣被，顶楼与一层的好处便当可以互享，多好！”

这时李主任说话了：“各位都实话实说了，交换意见看法，特别是老吴、老杨两家摆的问题提的意见很实在也很诚恳，两位代理人也听进去了，也在认真考虑了。不要着急，双方要充分协商，互相体谅。确实要把好事办好，能让各方都同意都满意才好！市政府依据《物权法》出台老小区加装电梯办法，给老百姓办事，但一定要充分商量。请大家既要做个好公民，又要做个好邻居，既要讲法理，又要讲情理，做到依规遵法，通情达理，人人为我，我为人人。作为一个共产党员那就要做群众的好榜样，为大多数群众着想，谋利益、办好事。大家再好好考虑考虑，继续耐心协商。我们社区希望大家在加装电梯一事上协商一致、达成共识，我们社区也一定会协力支持！”

会散了，一行人相互交谈着回一单元。老上官说：“闻老师，设身处地考虑，在楼顶加装玻璃房晒衣被的办法可行不？”

“这办法可以试试！”闻老师答道。

“试什么，这不还得经有关部门批，否则又是乱搭乱建。”老吴接着老伴的话说。

“那我们去争取去跑。”老司马接话说道。不觉到了一单元，打着招呼各自回家了。

在上楼的过程中，老司马老对老上官低声说：“这老吴还是油盐不进，火气不大但口气强硬。还是从事法律工作又是党员，怎么退休了就不讲党性不按法办事呢？”

“101室老杨两口态度很明朗很支持，社区李主任态度很明朗很支持，这就够了。不过针对老吴提出的光照、道路而采取的解决方案设想，他们俩倒是听着有点动心了，可以继续做这方面努力。”

“好，就这么看着办！噢，我到家了，你更上一层吧，再见！”

三

顶层的人到了家，而底层对门两家的老闻和老姜两位还在谈着。老姜说：“我家孙子今年中考一家人都在发愁呢，闻老师请您多关照，好在他还在上您的课外数学辅导课呢。”闻老师说：“你孙子成绩没问题，放心吧，我也会尽力的。噢，明天晚上就有我的数学课，放学你去接？”

“对，我去接孙子，好在不远，不用坐公交，走走就到了。有时同602室的老王一起去接，她接她孙女。好，明天见！”老姜说。

第二天晚上八点，闻老师的数学辅导课下课放学了。走在最后的老姜带着孙子、老王带着外孙女陪同闻老师一起说笑着回家。突然，闻老师脚一滑，踩在香蕉皮上，歪倒坐在老王的右脚踝关节上，脚崴得厉害，可能是韧带严重拉伤。身旁的老姜忙扶起闻老师，还好，还能行走。只是老王的右脚被压得疼痛不已，一时动弹不得。过了一会儿，老王在她外孙女的搀扶下一拐一拐勉强行走。好在不远，5个人一起到了家。

闻老师说：“对不起了，压疼脚了，明天让我家老吴用车子送你去医院查一查。”

“没有事，歇歇就好了。”老王说着，她在老姜和她外孙女的帮扶下，艰难地回到了602室家。接着老王又对老姜说：“麻烦您下楼对闻老师说一声，请她先生老吴明天用他的小车送去医院拍个照，看看有没有伤着骨头，没有的话再送她回女儿家，女儿家住在一楼不用爬楼，女儿昨天出差今晚回来。现在脚拐肿得很厉害，好吗？”

“好，下去马上给闻老师讲。”老姜应着下楼去了。

闻老师听了老姜带来的老王回话，心中十分担心，并即告诉了老伴。老两口睡不着觉，心事重重地谈了很久。老闻说：“老姜、老王她们对我很尊重，因为我辅导他们小孩，小孩要中考，有求于我。不巧我跌倒压伤了老王的脚，不是她的脚垫着，那我硬碰硬地跌在水泥地上就我就伤大了。老吴我们不能对不住人家，明天我们用车子送老王去医院检查，但愿她脚不要骨折啊，骨折那就麻烦大了！”

“好，应当的。”老吴应着。

老闻接着又说：“老王比我还大，近七十岁了，本来爬楼困难，现在脚伤了那就更不行了，真是雪上加霜啊。所以，她提出送她到她家住一楼的女儿家去。”

老吴接着：“是啊，这就又连着加装电梯的事了。老司马、老上官几次三番上门协商，恳请我们同意让一单元加装电梯，态度那样好，不说过头话，我们有话他们听得进。我真想他们沉不住气、气急败坏地吵骂，我也好出出气，同他们脸红耳赤地吵骂一通，过瘾。邻近的小区为加装电梯，一楼的同要加装电梯的吵骂得一塌糊涂，甚至人为阻挡施工，而我们这里心平气和地不吵不闹，为什么，也是正如你所说的，他们是有求于我们哪。冷静地想想，房子坐北朝南，在北边加装电梯遮不了阳光，如果移了车棚、楼顶上加了晒房，那真影响不了人车通行，而且路拓宽了，给我们晒衣晒被提供了从未有过的方便。为什么我们硬顶硬扛着、再三再四不同意呢？想想有愧啊！何况依法理来讲，市政府依据《物权法》制定的老小区加装电梯的办法，只要三分之二的房产占比及其业主三分之二的人口占比即两个三分之二占比，就可以加装电梯，我们这一户不同意没有一票否决权的，之所以反复耐心地与我们商量争得同意，也是考虑为了相邻和睦相处，把好事办好啊！何况，我俩是党员，在党和政府倡导加装电梯为民谋利的事情上，也要有党员的样子。”他俩谈了好久才熄灯睡觉。

第二天凌晨，“啊，不要，啊，不要！”老闻从梦中惊醒，满身大汗。“怎么啦，又说梦话，梦到什么了？”老吴问道。

“我的一只脚给汽车压碎、被医生锯掉了！”老闻坐起来，摸着自己的一只脚，发现好好的，醒了。

“对了，老吴我们赶快上6楼看看老王，带她去医院拍片。”老吴应道：“好，我俩马上去！”二人出门爬楼直奔6楼，但由于也上了年纪，都六十大几的人了，又平时不爬楼，感到非常吃力，气喘吁吁地到了老王家。老王用竹竿撑着开了门，惭愧地说："真是对不起，我不是要赖你们，实在脚不能行走了，我男人前年走了家里没人了，只能请你们帮忙了。"老闻看了老王的脚拐肿得发亮，心疼地说："对不起，我让你受罪了，走，我们去医院。"在老吴、老闻搀扶下，艰难地下了楼，又等老吴开了车门，一起上车去了医院。

到了医院，办了急诊，等了好长时间才看医生拍片检查。医生看了片子说："跖骨没有骨折，但踝关节严重挫伤肿胀，回去好好休息，可先冷敷后热敷加适当按摩，要二三个月才能恢复。"从医院出来后，老吴夫妇俩按要求把老王送到她女儿家去了。"好在没有骨折，我在女儿家像你们家一楼一样，不用爬楼，休息休息就会好的。今天女儿出差回来，有人照顾，放心。要不是女儿出差，昨天我不会晚上去接外孙女的。"老王说。

"谢天谢地，多亏你老王没有骨折，否则我罪不可恕，就这样了，也让你受罪了，对不起，有需要尽管给我们打电话。"老闻说。

"好，谢谢你俩了，回去吧！"老王说着，目送老吴老闻夫妇俩。

四

当天下午午休后，老闻催着老伴一起爬楼到了601，请了老司马！再到顶楼的702室老上官家，四人坐下后喝着主人泡的茶。

老司马眼瞧着老上官纳闷地说："唉，楼上人总是下楼落地跟楼下人说话，今天怎反常了，一楼的二老怎么会爬上顶楼层主动登门看望我们呢，真不敢当，谢谢了！"

老闻接话："你与老上官几次主动登门拜访，怎么不允许我们串串门，无礼啊。说真的，我们费了好大气力爬上七楼，找你们有话要说。你们不是为加装电梯要我们同意签吗，我们同意，我来签字！"

老司马、老上官异口同声地："啊，老吴这是真的，真想不到，那太好了，太好啦！”

老吴说：“这是真心话，而且这回不要你上门，是我们主动上门。”老闻接着说：“不是说要设身处地、换位思考吗，现在我们不这样都不行了。602室老王脚受伤的事让我们身临其境，感同身受。”

“对门老王脚受伤的事我们听说了，她还说不是你老闻故意的。”老司马说。

“不管是否是故意，是我跌倒压了老王，不是她脚垫着我就伤残了。她老王年纪比我大，爬楼本来就不易，脚伤了那就更难了。伤筋动骨一百天，老年人伤一次催老三次，上下楼着实困难，今后居家养怎么办，确实需要加装电梯！”老闻深情地说。

老上官听后感动地说：“我们高楼层的住户由衷地感谢你俩的理解和支持，你们所提的意见和建议我们理应充分理解，着实设法解决好。”

老吴接话：“对了，我们上楼登门拜访的第二个意思是要像你们一样，同抓加装电梯的时机，争取解决普照阳光和人车行道方便的同享问题。我们头顶同样的楼顶，脚踏同一块宅地，共同样的天地应当共享同样的天地恩惠。如果像你们所设想的，若能建楼顶晒房和后移车棚、拓宽人车行道，那再理想不过了。我建议请社区李主管召集我们所有住户开会，由政府帮助解决实际问题，把加装电梯这个为民谋利的事办实办好。你们两位代表看好不好，行不行。”

老司马抢先说：“好好好，行行行！”

老上官接着说：“我具体来联系，请求李主任近期作出安排，到时我再来通知到各户。”

接着他拿出表来，由老闻抢着代表102户签了名。

老吴说：“我家有人签字同意了，也就是全体住户同意了，我家拖后腿了，但这以后加装电梯也就可以启动了。”

老司马说：“我们由衷地表示感谢！老吴讲对了，老上官，接着我们要把各种申请手续抓紧办结办好。”

老吴又说：“走，老上官，你带我们上楼顶看看，能不能安装玻璃晒房。”

老上官说：“好，跟我走，当心台阶。”

四人一起上了楼顶，下午三点多钟的太阳晒得人热烘烘的，热水器管发出耀眼的光。老闻说：“多么好的太阳啊，万物靠太阳，人也要靠太阳哦。我们一楼在冬天不到二点就见不着阳光了。”

老上官说：“老闻，你看在这楼顶后半幅建晒房，顶用玻璃，周围用铁丝网，晒衣被很保险。”

老闻说：“可行，可行，老吴你看呢？”

老吴说：“可以是可以，但要报批啊，看来一定要请社区街道帮助协调了啊。至于经费，我家愿意把政府补助一楼的钱用上。”

下了顶楼后，由老司马、老上官两位代理人满心欢喜地将老吴、老闻夫妇俩一直送至家门口，再三道谢地上楼回家了。

社区李主任听了老司马、老上官两位代理人的近期情况叙说，十分高兴，决定本周就开一单元全体住户的会议，商量加装电梯的接续工作和老吴提出的建议，并请街道李主任也参加会议。上官按时通知到各户派代表参加会议，除602户的老王因脚伤缺席外，其余各户都到了。大家围着长条桌坐开，喝着办公室小谢送上的茶水。

开会了，老吴首先发言：“对加装电梯，我家是最后一个同意，是我老伴签的字。说来惭愧，我老伴跌倒压伤了老王的脚，深感年老爬楼不易，伤了腿脚更难了，设身处地，换位思考，思考很久，我们方才同意签了字。我俩都是党员，理应为大多数居民群众利益着想，拖了后腿，深表歉意。不过，我想趁加装电梯的良机，当着街道赵主任和社区李主任的面，代表低层住户表达意愿，提两个建议。一是因冬季低层住户晒不着太阳，能否按老上官设想在楼顶建玻璃晒房，需要资金，我家愿拿出政府给底层住户的补贴款。二是将自行车棚后移，拓宽楼前道路，方便人车行走。如果此两项建议在街道和区政府的支持帮助下得以解决，那加装电梯这件好事就办得更好，更得人心，可得上层下层住户的双欢迎，高层可以一步登高，低层可以冬天拥抱太阳。”

听完了老吴发言，大家一齐热烈鼓掌表示赞赏。老杨说：“同意老吴的建议，如需要资金，政府给我家的补贴款也同样奉献。”

老司马接着说：“很感谢老吴和老杨两户的大力支持，特别是老吴的建议提得很好。加盖楼顶晒房，这需要给区政府有关规划、设计及工程部门报批。我想如果区政府考虑到这项举措面上推行而相关规划政策未能研究确定，是否能让在我小区先行试点试行？”

上官补充说：“对楼顶加盖晒房，应视同楼顶安装太阳能和安放太阳能发电面板这些绿色能量获取措施一样，作出相应规划、规定，予以鼓励和允许，以造福百姓。”

大家对两位代理人的发言深表赞成，你一言他一语地发言，讨论十分热烈。

接着，李主任、赵主任先后讲话。李主任说：“今天我们一单元住户代表会开得很好，大家发言很好。所有户都签字同意加装电梯了，这是最好的一个开端。接着请两位代理人，抓紧完善加装电梯的规划和施工的报送审批，还要开个专门会议，选定电梯厂商和施工及监理单位，还要及时公示，征求意见。我们社区对加装电梯和相关建议，全力支持，积极做好工作，希望早作准备，早日开工。”

赵主任最后说：“参加今天的会，听了大家发言，很有感触。老吴的发言很是关键，一是开明，你一同意全盘就活了；二是精明，你能紧抓时机争取解决两项建议，既能从自身考虑又代表低层住户的利益，好，很好。我一定把你和两位代理人以及大家的愿望带上去，向区政府如实反映，争取如大家所愿，切实予以解决，能让高楼层、低楼层的住户双满意，把政府为民办的好事实事办好办实在。”

会上，还对加装电梯的招标会议、分层收费、加盖晒房、后移自行车棚等事项进行分工，由两位主任牵头，各户协助两位代理人，分步推进，具体操作。散会了，大家一路热烈议论着，各自归家。

五

一单元加装电梯的工作正常全面启动了，各项工作按程序要求，有条不紊地逐步向前推进。规划设计许可证和施工许可证下发下来了，并及时公示征求意见；通过招标会议，确定了电梯厂商、施工单位和监理单元；一、二单元的自行车棚，通过住户协商和社区协调，向后移动了近两公尺，拓宽了道路；各户按层次比例分摊的费用也很快收缴齐了，其中602室老王家该交的款子由两位代理人先垫付了。

老吴开着自己的小车停靠在拓宽的路旁，此路可停小车增加了5辆，心里十分舒畅。眼看着楼顶，心想晒房尚无回音着落，放心不下。正在此时，他见老司马、老上官从外面回来，急忙上前问道：“加盖晒房的事可有回音？”老司马指指老上官说：“我俩刚从街道办公室问了赵主任回来，他说区里同意在我们这儿先行试点，经费先自行解决，以后有说法再补。”老吴说：“这太好了，终算是有许可了。但我们一层的补贴款何时能兑付呢？”

老上官说：“加盖晒房要往楼顶上运材料，看来要等电梯先装好了才方便运送。到那时补贴可以兑现了。”

老吴说：“噢，那就不急了，等电梯装好了再加盖晒房。”虽然这样，加盖楼顶玻璃晒房工程的测量设计却没有等，没有停，已着手准备了。加装电梯也未能动土开工，也要等到六月中考过后，这是对

101室老杨家的承诺，不能影响他孙子复习迎考。好事多磨，只能耐心等待。只是急了两位代理人，从着手一户户征求意见，到一个个难题的逐步化解，前前后后已渡过了近一年时光了，好在希望在一步步进展前行中。

时间已到七月中旬，早过了六月份中考时间。老司马、老上官晨练后回到一单元家门口，遇到了101室的老姜。老姜喜形于色地说：“你们晨练回来了，刚好与你们说说，我家孙女这次中考成绩不错，上重点高中不成问题，加装电梯可以开工了，谢谢你们兑现承诺，中考前未开工，没有影响我们外孙女复习备考。”

两位代理人异口同声地说：“恭喜恭喜，祝贺你外孙女考得好，那我们破土动工了！”

“好好好，只是延误了加装电梯的时间了，抱歉！”老姜既喜又愧地说。

七月下旬的一天上午，阳光灿烂，一单元加装电梯要正式施工了。

一单元的住户和二单元的邻里聚集在施工场地上，街道和社区的赵主任、李主任也到场了。在事先划好线的地方，工人师傅刚要用铁铲开挖，老司马说：“慢来，今天是好日子，是我们一单元加装电梯正式施工的好日子，我们请赵主正式宣布开工号令，并由李主任、顶楼的老上官和一楼的老吴三人陪同老师傅一起用铁铲开挖，好不好！”众人齐声说：“好，好，好啊！”赵主任亮着嗓子喊道：“一单元加装电梯破土动工！”随着这一号令，四把铁铲一齐开挖，正式施工了。

在开工现场二单元的住户有人对着社区李主任发问：“我们单元何时能像一单元一样加装电梯啊？”

李主任说：“你们首先要征求所有住户同意才行，虽然大多数住户同意了，还有个别户不同意，应向一单元学习，抓紧恳谈协商吧。我们社区会全力协助的。”一单元开工的影响不小，起到了带头和推动作用。

电梯井基坑开挖后下到硬土层，遇到了地下水管等原有设施，要与相关部门联系处置；基坑开挖到位后，四周要用钢筋砼围挡，且加防水层处理，保养期较长，遇到雨天还不能施工。所以，基坑施工时间较长，需二到三个月。基坑建好了，加装电梯井还比较快，是装配式的，分级吊装预制好的不锈钢钢架，一天时间就行。接着，破墙下窗，架设装配各楼层到电梯井之间的廊桥及护栏。从现在七月开工，到电梯安装调试，整个过程需要半年左右，至今年底或明年初，便可使用。然后，再加盖楼顶玻璃晒房，一至二月便可使用。在一单元十四户的愿景中，新的电梯和楼顶晒房，就在眼前，指日可数，大家翘首以待。

在施工过程中，两位代理人没有闲着，而是更忙了。他们觉得，比起开初协商征求意见、统一认识、获得同意签字时，顺心舒坦，忙得快乐。他俩每日每时、随事随地，主动与现场施工的师傅沟通，反映业主对进度质量的要求，提供对具体事项的建议，听取施工方的意见，积极让住户协助配合，为施工创造必要条件，提供方便。

虽然有时天久雨不晴，拖延施工时日，但工程不断进展，一天一个样，人们充满着希望。

基坑建好了，不锈钢钢架提吊架设好了，廊桥护栏也架装好了，电梯安装调试好了，一个崭新闪亮的电梯井矗立起来了，电梯一上一下运转起来了。高层的，特别是高龄老人终于有了盼望已久、望眼欲穿的电梯，心里乐开了花。

紧接着，楼顶玻璃晒房也建好可用了。低层的人，特别是一层的人拥有了冬季的太阳，心里充满了阳光。一单元的住户皆大欢喜，引得其他单元住户十分羡慕，穷追不舍。

时至农历年底阳历年初，电梯工程还处于试运行验收阶段，两代理人让一单元住户都来体验一下，找找毛病，提提意见和改善建议。501室的张老和韦老来乘电梯，下了半层下到三层半，上了装有玻璃、配有不锈钢护栏的廊桥，走进能容纳10人的电梯，关门下行，几乎听不到声，感觉不到振动，就下到地面了，平稳安静，感觉太好了，比原装电梯宽畅、明亮、有视野。下到地面，抬头仰望在绿树映衬下、装有玻璃的不锈钢井架，闪着银光，晶莹剔透，给老小区老住宅提档升级，增添了光彩。老两口十分满足，只是觉得要提个建议，可将原防盗门和电梯井架改动联结为一体，那就更整体安全。

102室老吴、老闻夫妇也来乘电梯了，他俩是从上往上，直到六楼，走上半层到了七楼。他俩邀七楼的老上官陪同下，上了楼顶专门看晒房。楼顶后半幅盖了2.5公尺高由不锈钢柱支架的玻璃屋顶房，四周围着开了门的铁丝网。他们走进不怕风雨的晒房内，虽有穿堂风，但浑身还是感到热乎乎的。老吴老闻夫妇俩感到由衷满意，向老上官再三道谢，说他出的主意好，顶层为底层的着想，并且就被区政府采纳先行试点了，说着乘电梯下楼去了。刚到一楼家门口，遇着了602室老王，她听说电梯装好了，就在女儿的陪同下，脚伤后第一次回家。她告诉老闻脚好得差不多了，乘电梯就可上下楼也就回家住了。老王说有了电梯就好了，说着她同女儿一道乘电梯轻松地回家了。

六

不几天，工程经过完善修理，把原防盗门移出，与电梯井架焊接一体，电梯正式试用了。

一单元的住户兴高采烈地欢呼，电梯通了，喜迎春节啰！街道赵主任、社区李主任都来庆贺，并通知本小区各个单元都派人来参观并开现场推广会。

来参观的人都来尝个鲜，乘坐电梯上上下下，特别是到顶楼第一次看到了明亮不怕风吹雨打的晒房，均啧啧称奇，十分羡慕。李主任问参观者：“一单元的电梯和晒房建得怎么样，好不好，你们要不要？”

众人答道：“好好好，要要要！”

李主任说：“下面，请大家就在电梯旁围拢来，听一单元人介绍体会和经验。”

最年长的张老说：“加装电梯最大的好处，我们可以一步登天、一下落地，上下自由自在，别怕老脚迈不开爬不了楼，在家养老不用发愁啦，政府帮我们老小区做了件居家养老的大好事，感谢啦！”

老司马说：“我与老上官是一单元业主加装电梯的代理人，代表大家为大家服务，考虑问题既要为自己为高层住户着想，也要为他人为低层住户着想，适身处地，换位思考，意见才能统一，说到底一句话，大家才能想到一起，同意加装电梯，才能动破土动工啊。”

老上官说：“加装电梯重要的一步是征求意见，要认真听取不同意见，哪怕不同的反对的话都要耐心听，决不能发火说过头话气话，那会伤感情，会造成顶牛局面，问题更难解决。”

老吴说：“我是一层的住户，开始我一直不同意打破原有的安静现状，认为高层要加装电梯为什么要低层付出代价，坚持反对态度。后来是602室的老王让我和老伴换位思考，我老伴老闻滑倒压伤了老王的脚，本来老王腿脚不好，伤后雪上加霜。我们从来不上楼不要爬楼，为扶老王送医上下楼的过程中！我们感同身受，有负罪感，良心发现了，我们主动在加装电梯征求意见表上同意签字了。更重要的是两位代理人为我们低层着想，主动提建议，为低层加盖玻璃晒房。于是我们变反对、被动为积极主动，抓住加装电梯这个时机，与高层一道得益，争取到了楼顶加盖晒房，能在冬季拥抱太阳，这样高层低层融为一体，工程共建利益共享，其乐融融啊！原来征求意见时提出的噪音、采光、道路等方面的理由，全是反对加装电梯的托词，现在听听电梯开关门和起降几乎听不到声响，楼前的道路也因后移自行车棚拓宽了好多。有人问我，补贴一层的钱投了去建晒房不是什么也没得着？我说这钱本来就不该是我的，现在用它变成晒房，拥有了太阳，那太值得了。要不是政府支持加装电梯，趁了这个机会，你花多少钱也买不来啊！”老吴这番话说得在场的人点头称是。

街道赵主任说：“今天这个现场参观会、现场传经会开很好，大家都看得真真的，听得明明白白的，一单元加装电梯的做法和经验值得其他楼栋各单元的住户学习，回去好好想想，早日统一思想，抓紧行动起来吧。过几天就是新春佳节了，祝我们小区各家各户新年新气象，像乘电梯一样，升起登高，去拥抱春天的太阳！”

现场会后，一连好几个单元的住户，统一了思想，上报了加装电梯的报告，一个接一个地破土动工了……

2019年11月写于南京，2022年1月修改

实现零的突破　首拥世遗名片

——南京市政协推动明孝陵成功申遗回顾

明孝陵作为“明清皇家陵寝”扩展项目，是南京首次被列入《世界遗产名录》的世遗项目，它是在南京市政协全力推动下，把部门先期努力的项目提升为市委、市政府的重要议事日程、重要工作，经过严密组织、通力协调、各方协作、政策支持、艰辛努力而取得的来之不易的成果。回顾南京首次成功申遗，深感兴奋、自豪、长志气，对今后以至眼下城墙申遗及世遗保护利用也很有启发和借鉴作用。

一、势在必行志在必得

在当今，评价一个城市的地位影响力，不仅要看其现代化程度和标志性建筑物，也要看其是否有悠久的历史和世界性的文化遗产项目。南京在这两方面，都具有显现的、潜在的优势，但都处在前行中。南京在加快现代化进程中，必须保护好利用好历史文化遗产，积极申报世界文化遗产项目。这成了进入新世纪的南京市一件势在必行、志在必得的大事。

南京是四大古都中最后一个没有成功申报世界遗产的城市。到2000年，中国已拥有世界遗产27处。四大古都中，北京有故宫、长城、颐和园、天坛等4处，西安有秦始皇陵及兵马俑等2处，洛阳有龙门石窟1处，均已列入《世界遗产名录》，唯有作为全国四大古都的南京还是空白。人们夸本地悠久丰富的历史遗迹文化遗产，西安人说，我市地下文物多了去，一挖一个秦始皇，一挖一群兵马俑；南京人也说，我们挖都不要挖，一瞅一座明孝陵，一瞧一条明城墙，还有一身云锦衣裳。世界文化遗产，南京不是没有项目没有资格，而是没有积极作为，及早主动申报。

维修后的明孝陵

明孝陵就是一个很好的申报项目。明孝陵作为“明清皇家陵寝”扩展项目之一，且处于领头地位。明朝是中国封建社会发展到高度成熟的一个时代，作为开国皇帝朱元璋的陵寝——明孝陵，在建筑规划、布局、类型和施工上，都有不同于以往皇陵的独特之处，体现了人文建筑和自然风水地貌的高度和谐统一，其所确立的帝陵制度为此后500多年明清两代帝陵建筑所沿用，明孝陵所具有的深厚博大的东方文化内涵，不仅属于中国，也是属于世界的。

明孝陵成功申报世界文化遗产影响深远意义重大。这将能更好地体现南京融现代文明与古都特色于一体的城市品位，更好地保护并向世界展示南京独特而丰富的文化遗产，极大地提高其在国际上的知名度，有力地推动城市旅游以及相关产业的发展，从而获得良好的社会效益和经济效益。南京明孝陵在考古调查、文物保护、环境整治几方面工作取得新进展后，国家文物局明确表示支持明孝陵作为“明清帝王陵寝世界遗产扩展项目”进行申报，这为我市进行申报工作提供了难得的机遇。

二、单位努力政协推动

明孝陵申遗工作，在相关单位的努力下，前期各自完成了已有事项，但是尚欠市级层面的组织领导、各方协调、政策支持、舆论宣传的强劲东风。在市政协的关注推动下，争取到了市委、市政府的重视，逐一解决相关问题，顺利推进了此项申报工作。

中山陵园管理局认真做了明孝陵申报的前期工作。几年来，中山陵园管理局在主体管理保护、环境整治、道路建设等方面，先后投入数百万资金，对明孝陵整个陵宫地区作了考古调查、无损探测；对神宫圣德碑亭、石象路环境进行了整治；修复了文武方门、东井亭遗址、享殿台阶石栏杆等。此外，还布置了明孝陵各种史料陈列、展示牌、说明牌；并对景区进行了绿化、美化。可以说明孝陵景区面貌的改善，使其作为“明清帝王陵寝世界遗产扩展项目”的申报条件趋于成熟，为做好申报工作奠定了基础，具有了一定的把握。

市文化局文物局既作业务指导又做陪葬功臣墓申遗工作。朱元璋陪葬功臣墓也是明孝陵申遗不可分割的组成部分。据《明史》在内的各种正史和方志记载，至少有14座功臣墓分布在钟山之阴，现在能确定的有徐达、常遇春、李文忠、吴良、吴祯、仇成墓和一座佚名失考墓，考古工作者已从中发掘出大量珍贵文物。其中，徐达、李文忠墓参观的游客众多。这些功臣墓都属市文化局、文物局管理，在相应的主体管理保护、环境整治、道路建设等方面，都逐一做了有成效的工作。

认真书写申遗文本。在国家、省市文化文物部门及专家的指导下，明孝陵及功臣墓的申遗文本材料（包括中、英两种文字的文本、录相、幻灯片），也逐步修改、逐渐完善。递交申报材料时间紧迫，明孝陵为了争取在2003年6月世界遗产委员会大会予以提交讨论，必须根据国家文物局的进度要求，在2001年8月前将申报文本中文本送达国家文物局修改；在2002年2月1日前将中、英两种文字的文本、录相、幻灯片正式送交联合国教科文组织。我们都按要求，提前送交。

市政协在推进明孝陵申报工作中作了诸多坚持不懈的努力。

一是选报调研课题。当时，我在市政协教卫文体委员会工作（我是委驻会副主任，吴更生是驻会主任、龙旴西是驻会副主任），知道明孝陵申遗工作正在着手进行，需要从市级层面给予推动，便在本专委会提出明孝陵申遗的调研课题，得到专委会主任和同事们的认可和分管张伯兴副主席的重视，后提到由时任市政协主席张晔主持召开的专题主席会议上，认真讨论研究，确认将此作为2001年市政协全年的重点调研课题，组织力量，安排经费，编制工作计划，着手进行调研推进。

二是进行本地调研、外市学习考察。为推进明孝陵申报世界文化遗产工作，市政协张伯兴副主席率部分委员实地视察了四方城、孝陵墓、东陵、护城壕等现场，并听取了中山陵园管理局和市文物部门关于保护、维修和存在问题的情况介绍，还就推进申报工作进行了座谈。2001年4月下旬，张伯兴副主席率考察小组（专委会中有我、周福龙副主任、贺云翱教授、专委办强蓓主任参加）专程赴洛阳，学习龙门石窟申报世界文化遗产取得成功的经验。我们认真听取洛阳市分管领导和职能部门负责人和专家的介绍，实地考察了龙门石窟成功申遗后的巨变和如织的参观人流，深被感动，颇有受益启发。后经讨论整理，形成了关于推进明孝陵申报世界文化遗产的调查报告。

报告分为申遗意义、良好机遇、存在问题、洛阳经验和5条建议。市政协主席会议专题讨论了此报告，并向市委、市政府专送了报告。此后，我专委会正副主任还专题上门向时任市委汪正生副书记作了具体汇报。市里接受了报告、采纳了建议，及时成立了由市委、市政府主要领导和分管领导，包括市政协分管领导及相关区、职能部门领导、市政协教卫文体专委会主任参加组成的明孝陵申遗领导小组，将申遗摆上了重要位置，实施了编制计划、加大宣传、整治环境、调整交通、加大政策资金支持等有效措施，顺利推进了申遗工作进程。

昔日的下马坊经整治已建成公园

三是及时进行现场督察督办。明孝陵保护区内环境达标存在不小问题。虽然1992年国家文物局批准的《明孝陵保护规划》明确了明孝陵保护区和建设控制地带界限，但由于历史原因，一些单位的进驻破坏了明孝陵地区完整空间序列和周围环境。从下马坊到大金门的神道是南京手表厂的驻区，前线歌舞团、中山植物园、392部队等单位也或多或少处于保护区内，并有违章搭建。为此，市政协根据市申遗领导小组的工作计划，由张伯兴副主席带领有关部门领导、所在区玄武区政府领导，多次到下马坊、大金门等地，就限期拆除违章违建进行现场办公、督察督办。虽然困难多阻力大，但由于态度坚决，措施果断，最终还是在限期达到环境整治目标。此外，沪宁高速公路连接线、两条公交车道穿过明孝陵保护区等交通调整改道及所需资金等问题，也得到了解决。我市明孝陵申遗，按标准和时间要求，顺利通过了联合国教科文组织专家的检查。

三、从零到一接二连三

经过三年共计一千多天的不懈努力，南京明孝陵终于被通过列入世遗名录，打破了零的纪录，填补南京古都没有世界遗产的空白。由此，南京开启了历史文化名城的新历史，掀开了古都文化遗产保护事业的新一页，迈上了接二连三申遗的新征程。

明孝陵世界遗产碑

明孝陵入世界遗产记

全票通过，列入名录。北京时间2003年7月4日零时，在巴黎召开的第27届世界遗产大会上，经审议表决，中国南京明孝陵被全票通过列入《世界遗产名录》。大会审议明孝陵、十三陵项目时，会场气氛非常热烈，在三四个代表团发表了简短的支持大会将明孝陵列为世界遗产目录的演说后，大会主席询问其他代表团是否还有意见，话音刚落，明孝陵项目被全票通过，全场爆发出热烈的掌声。明孝陵的审议先后仅花了十几分钟。其他项目的审议并不都像明孝陵这样顺利，有的被延缓通过，有的引起各国专家的激烈争议。

在这次世界遗产大会上，共有32个国家的37处遗产申报，其中26

个文化遗址、7个自然景观以及4个文化和自然双重遗产项目。我国同明孝陵一起申报世界文化遗产的还有北京十三陵，它们均是作为“明清皇家陵寝”世界文化遗产扩展项目申报的。在世界遗产大会上，扩展项目和新申报项目的审议程序和标准完全一样。这也是我国第一处跨区域的世界遗产建筑群。另外，云南省的“三江并流（怒江、澜沧江、金沙江）”自然景观，被审议通过列为世界自然遗产。

明孝陵成功申遗后参观人流络绎不绝

反响强烈，意义深远。消息传到南京，我们这些参与者十分振奋，市民们兴高采烈，一时间到明孝陵的参观者异常踊跃，包括本地市民、外地观众还有外国游客。正如还在法国参加第27届世界遗产大会的中国代表团成员许慧玲在接受记者电话采访时所说，世界文化遗产使古都南京多了一张世界承认的名片，它将极大地提升我市作为历史文化名城的知名度和在历史上的地位；进一步体现江苏文化大省文化中心的地位；提升广大市民对文化遗产的认知水平和保护意识，对文物保护工作将起到巨大的推动作用；促进“富民强市，两个率先”的历史进程，为我市旅游业、文化产业和经济发展带来新的亮点和契机。

明孝陵申遗的成功做法起到了示范带动借鉴作用。市委、市政府高度重视，部门单位努力攻坚，方方面面协同支持；主体保护尽心尽力，环境整治不遗余力，经费投入舍得；舆论宣传广泛，思想发动充分，全民投入自觉；遗产保护管理制度严格，项目利用科学合理，名片声誉持久维护等等见成效的做法，均可以被仿效借鉴。

随明孝陵之后云锦又成功申遗。南京云锦已经有近1600年的历史，是中国织锦技艺最高水平的代表，体现着中国数千年的蚕桑文明。其技艺之一“挑花结本”中的二进制工作原理，就是现代计算机的鼻祖。为了更好保护和发展云锦艺术，2002年6月，南京市正式成立了“南京云锦申报人类非物质文化遗产工作领导小组”。2002、2004、2008年，在申遗领导小组的领导下，南京云锦先后三次向申遗冲刺。2009年9月30日，在阿联酋首都阿布扎比召开的联合国教科文组织保护非物质文化遗产政府间委员会会议决定，中国南京云锦织造技艺入选《人类非物质文化遗产代表作名录》。南京云锦研究所有关负责人表示，南京云锦申遗成功，必将更进一步地推动云锦技艺的保护和传承，促进南京云锦和世界各民族文化的交流与合作，为人类文化的多样性及可持续发展作出了贡献。这是继明孝陵之后又一次成功申遗，而且它填补了非遗项目的空缺，非同寻常，值得点赞。

这里要提起的是，南京古都学会在时任会长张连发的主持下，首推云锦申遗课题，做了大量调查、考察和资料搜集工作，出了云锦会刊专辑，广为宣传推动，并与国家文物局等方面进行前期申报的业务和渠道沟通工作，争取到了各方面的认可和支持，功不可没。

云锦之后城墙又再申遗。历经20余年不懈努力，逐年投入，资金巨大，南京城墙维护工作逐年上台阶，发生了根本性、全局性的大变化。二十余公里城墙的全面修复、全线贯通，更可喜的是2014年青奥会期间，以国家层面将南京城墙向世界青年人隆重推出、精彩亮相。2006年，南京作为全国明城墙申遗的牵头城市，带领十几个城市协同申报。2006年是明城墙肇建650周年，南京抓住机遇，举市开展多种形式的纪念活动，2017年春节期间，又组织了城门对联征集、书法家撰写活动，广泛作了舆论宣传。

南京古都学会积极配合，进行联合考察、座谈调研、学术讨论，组织专家学者撰文，出会刊专辑，其中俞明会长、陈华光副会长和杨新华副会长兼秘书长的撰文还被市政协选用出了活页专集，起到了相应宣传推动作用。

应按市里确定的城墙申遗计划，会同相关城市齐努力，一项项抓落实，一步步向前推进，最终实现目标。祝愿经过几年努力，让明城墙终成我市第三张靓丽的世遗名片。

艰难起步　良好开端

——台城段城墙维修工程回顾与思考

我刚从市委宣传部调任市文化局局长时遇到的第一件大事，就是大规模维修台城段城墙。因事隔20余年之久，许多细节模糊记不起来，于是我找了时任市文化局副局长兼文物局局长魏正瑾和具体分工此项工程的文物局副局长汪人杰，一起回忆并查阅记录，终于有了大体概况。现叙述汇集如下，以供后来者查阅咨询。

一、历史上首次启动大规模城墙维修工程

台城段城墙维修势在必行。这段城墙就在市委、市政府鼻子底下，处于玄武湖、鸡鸣寺景区游人如织的出入口处。再不修竣，市领导不好交代，市民也不会答应。国家文物局对此也一贯重视支持。启动较大规模的城墙维修势在必行。

这次我市大规模城墙维修，不同于以往局部或个别塌陷城墙的维修。它包括从解放门到太平门之间1700米台城段城墙，解放门到玄武门之间1465米这段城墙，共计3165米长两段全程城墙的维修，任务艰巨困难。仅台城段城墙塌陷处就有130处，其中最大的缺口有40米长、8米宽、7米深，总计塌方3万立方米，修复需用40多万块城砖。修复工程所需经费2200万元，而到账资金只有国家文物局5年拨付的250万元，其余要靠市财政逐年下拨。

市委、市政府领导拍板决策。经市委、市政府研究决定，将台城段城墙维修工程列入了南京市1993年全年奋斗目标中的重要项目任

省、市人大领导察看台城城墙维修现场

左起：市人大主任马昭宏、省人大副主任张耀华（前市委书记），市文物局副局长汪人杰陪同

务。对于文物工作者来说，维修保护国内外著名的明城墙是不容推辞的天职，下达大规模城墙维修开工命令是令人兴奋的大喜事。1993年市文物局刚被批准成立，新成立的文物局必须打好台城城墙维修这一首仗。事先，充分准备了台城段城墙维修方案报告，在市里召开的专题会议上，由魏正瑾代表市文化局（市文物局）作了汇报，主持会议的时任市委副书记胡序建当场拍板，决定于1993年下半年开工维修这两段城墙，并要求在1994年国庆节前竣工。

维修工程从1993年9月启动到1994年9月，共计11个月，全面完成了从台城段到玄武门段城墙维修任务，赶在当年国庆节前提前竣工交卷，受到市委、市政府领导的好评。

申请新设城墙博物馆。此次城墙维修任务完成后，新设立城墙博物馆、加强日常维护管理、开发利用和宣传展览，成了顺理成章、现实迫切的事情。我局立即向市编制办打了专题报告，1997年得到批复，同意新增人员编制、设立南京明城垣史博物馆，同时还给文物局的城墙管理处增拨了人员编制。因陋就简，当时新成立的城墙博物馆就在解放门处中日友好亭下方的地下室办公。

二、被逼出来的城墙维修创新举措

在任务重、经费缺、工期紧的情况下，这次大规模城墙维修工程举步维艰，一度陷入了困境。但困境产生了动力，萌生了出主意，想办法找出路的创新智慧，使我们渡过了难关，胜利完成了任务。

切实落实组织领导体制和工作机制。在领导体制上，实行市文化局（市文物局）领导班子集体担责，负责按要求搞好向上报告、横向单位协调等方面工作，完成市委、市政府下达的此次城墙维修任务。在工作机制上，责任具体落实到文物局副局长汪人杰身上，由他统一负责工程设计、一线施工指挥，充分发挥了他这一熟悉业务的专家作用。

为节省工程经费、抓紧工期、保证质量，采取了5个创新举措。**一是**城墙维修工程改由江苏建筑工程设计院设计为自己设计，仅此一项就节省了设计费近40万元，还节省了2个月的设计时间。**二是**针对较大塌陷，巧妙采取城墙肚子里钢筋混凝土框架式施工方案，既解决了填补大塌方缺城砖的困难，又加快了工期、保证了城墙牢固性。此方案事先征求了国家文物局专家的意见并得到充分肯定和赞赏。台城段城墙内大小框架一共有7处，有的框架结构还设为双层，总面积近2000平方米。其中3处大的框架结构有1500余平方米，有的作为对外开放的城墙专题陈列展室，有的作了内部业务用房，均设计了人行通道和登城墙口处的亭子。还有4处小框架密封于城墙肚子内，不为人知。**三是**由图纸设计者担任一线施工总指挥，简化了设计与施工之间沟通程序，防止了设计施工之间推诿扯皮，有情况可随即作出更改变动。这前三个举措，均由汪人杰副局长所为，因为他熟知城墙情况，又是学建筑设计专业的，从事过多个项目的设计施工，有着丰富的实践经验，所以完全能胜任此项目总指挥的大任。**四是**由施工队所在公司先行垫付资金，作为工程招标条件，完工验收后分批付款。当时此项办法极大地缓解了资金压力，到1995年最后核减为2000万元欠账终于付清了。**五是**为抓紧工期，施工队人员采取两班倒的施工轮作制，确保了施工进度、施工任务如期完成。后两个举措，是施工队伍及所在公司为这次城墙维修所作出的大贡献。

主动争取外援和有关方面配合支持。市领导和机关干部对机关大院后面围墙式的城墙维修十分关心，时任王宏民市长亲自组织和带领机关干部集中到解放门城墙脚下义务劳动，清理搬运多年的违章建筑和堆积成山的垃圾，还了城墙一个清洁环境，极大地鼓舞促进了城墙维修工作。我局在市园林局及玄武湖管理处、鸡鸣寺、九华山寺的配合支持下顺利施工，还分别与之建立了上下城墙的铁架梯子、互通天桥和进出门道。玄武湖通城墙的铁架梯子，还是一国企主动赞助的。

请联合国负责申遗的专家来现场视察指导。为着眼于今后向联合国申遗、提高眼前城墙维修的规范水准，我们市文物局通过国家文物局邀请了联合国教科文组织世界遗产委员会下的专家委员会主任克里尔（英国皇家考古学会原会长），来南京察看城墙，指导维修工作。他不辞辛苦，看得认真，谈了很中肯的意见，对我们很有指导帮助，南京市委、市政府对南京城墙的重视也给他留下了深刻印象。

三、修复成效、社会反响和示范作用

在回顾做法的同时，实事求是对成效作出恰如其分的评估，也是可获应有补益的。两段城墙的修复竣工，成效显著，社会反响热烈，对今后城墙的维修保护将产生示范带动作用。

扮靓了城墙，恢复其原有神韵。这次维修的两段城墙，特别是台城段城墙是天生丽质，身处风水宝地，集山水城林于一体，身价高贵。只是它历经600余年风雨，身体有恙，衣服破旧，形象受损。这次维修，宛如给它洗了透水澡，换了新衣裳，还将它与两寺两塔一湖互通互联起来，装扮如初，再现了原有的神韵和时代气息。如果说玄武湖宛若天仙美女，两段修复的城墙便是她脖子上的宝石项链。

催生了城墙热，强化了城墙保护的良好氛围。它是市领导政绩中最有获得感的政绩。一时间，凡有上级领导和外地贵宾来，市领导都要亲自带着他们上台城城墙，观修复城墙、风景，瞭望城市建设中的高楼大厦，确实令人喜悦鼓舞。江泽民主席也在台城照过像。人们八月中秋登台城赏月举办赛诗会，国庆节等重大节日也齐集台城观烟火晚会。特别要提起的是，中日友协会长、著名画家平山郁夫发起组织了一批批日本友人和学生到台城义务劳动，先后一共给城墙维修捐款600万日元。更有甚者，于1995年抗战50周年胜利日，他还邀请日本村山富市前首相，参加在解放门台城墙脚下、中日友谊亭旁举办的庆祝集会。平时的参观游览台城的游客更多。这些参观游览活动，不仅扩大了南京的外在良好形象，更催生了城墙热，形成和强化了浓浓的城墙保护利用氛围。

彰显了示范作用，产生了可持续的带动效应。两段城墙成功修复的实例，为今后城墙维修保护起了很好的示范。以后，接任者参照借鉴于此，改进了工作做法，提高了维修水准，有了更大作为。重要的是要认真总结成功的做法和经验。我们的成功在于市委、市政府领导的重视、果断决策和经费保证，有国家文物局的一贯的经费支持和适时的业务指导，有相关政府部门和单位紧密配合和相互信任支持，还有文化文物局自己人的不畏困难、敢于负责、艰苦创业创新的精神。而这些是宝贵的精神财富，应在今后继承发扬光大，它将会产生持续不断的带动效应。

四、今昔对比引发的思考与启示

历经20余年不懈力，南京城墙维护工作逐年上台阶，发生了根本性、全局性的大变。今昔对比，思绪万千，感慨良多。

深感欣慰。我们原先维修的三公里多的两段城墙，换来了二十余公里城墙的全面修复、全线贯通，更可喜的是2014年青奥会期间，以国家层面向世界青年人隆重推出、精彩亮相。我们原先申请成立的在地下室办公的南京明城垣史博物馆，现在已与城墙管理处、中华门管理所等6个单位合并成立南京城墙保护管理中心，对所有城墙实行归口统一管理，而且有了新的办公用房。我们原先试探着梦想申遗的思念与行为，现已变为实际操作的进程，而且南京是全国明城墙申遗的牵头城市。更可喜的形势是，现在的领导首先认识到位，经费主动到位，项目落实到位，指导随时到位，我们那时候要不断争取领导、为经费发愁的日子过去啦。

执着坚守。现在形势好了，条件改善了，手段先进了，经费也多了，但我们仍不能任性随意作为，更不能画蛇添足。要坚守祖宗家业、坚守文物规制，文物维护要尽心尽力“修旧如旧、修旧如故”，还要给遗存文物留下必要的空间和余地。文物要陈列展示，文物景点也要开放让人游览，但利用开发要掌握度，关键要坚守相关管理条例

市委、市政府领导与市文化局文物局领导成员在台城维修现场合影

左起：汪人杰副局长、周莉副局长、陈平副局长、陈华光局长、张连发副市长、汪正生副书记、顾浩书记、周振华副书记、苗瑞涛副秘书长、魏正瑾局长、施正东副局长

法规。还要继承发扬老文物工作者责任担当、艰苦奋斗、攻坚克难、善于创新的优良传统作风，保持“执着坚守”的职业操守品格。

再上台阶。我市文物事业形势大好，摆在面前的任务千头万绪，需要科学统筹，合理安排，有条不紊地推动工作进程。应坚持更高标准、更有担当、更有作为。我们这些老者，曾经作为过，但现在只能呐喊助威了。今年，是明城墙肇建650周年，应抓住机遇，按市里确定的城墙申遗计划，会同相关城市齐努力，一项项抓落实，一步步向前推进，最终实现目标。祝愿经过几年努力，让明城墙终成世界名片。

2016年7月21日定稿

家庭联产承包，农民先行创造
——四十年前亲身经历的一场农村改革

中国改革开放始于农村。由安徽省凤阳县小岗村18户社员摁手印、订协议、暗中抱团、包产到户，揭开了农村家庭联产承包责任制改革的序幕。改革从农村到城市，从农业到各行各业，逐步推开，改革产生了巨大动力，给经济社会带来了翻天覆地的变化。

在党的十一届三中全会召开的1978年，我从溧水县宣传部机关调任该县晶桥乡（原为新桥公社）党委书记。该乡党政班子中有学政治理论、农业技术和工程设计三位本科大学生，这在当时当地是绝无仅有的。晶桥乡地处偏僻，半山半圩，易涝易旱，交通不便，经济十分落后。我一上任就面临需要当机立断作出决策的改革形势。

溧水县与安徽省相邻，小岗村包产到户的做法很快传来，晶桥乡的农户纷纷仿效，相继推行。首先在我蹲点的行政村的几个生产小组自行试行。刚开始，谁也吃不准这一做法灵不灵，但实行后的效果却出人意料的好，对此我默认支持。

对在晶桥乡出现包产到户的做法，从乡党政领导成员到村组干部认识不统一，持观望、怀疑、反对的为多数。连周边乡镇的同志也冷眼相看，仍坚持“三级所有、队为基础”体制，不为晶桥之举所动。

当时，有相当一部干部认为：辛辛苦苦几十年，一夜回到解放前；田地耕牛农具分了，集体经济垮了；一家一户分散经营，大型农机水利设施管理使用就难了。对此，县委领导一度派员来我乡进行专题调查，要求立即停止并纠正家庭联产承包这一做法。我感到了很大压力，但是没有马上采取停止并纠正的做法，仍然坚持党的十一届三中全会解放思想、实事求是的精神，一心想通过群众改革实践来验证联产承包创新做法的正确与否。

1979年夏收，见证了包产到户的明显成效。先行试行联产承包责任制的村组农户喜获丰收，车载人担，排着长长的队伍到乡粮站交售麦子和油菜籽。他们首先尝到了“交齐国家、留足集体后，剩余全是自家的”那份喜悦。

我们趁势而行，做有针对性的思想统一工作。先是在乡党政领导班子内，后组织乡三级干部，集中学习领会党的十一届三中全会精神，联系农村改革实践，解放思想，统一认识，放大胆子，推动改革。我运用在大学学到的政治理论专业知识，联系农村现实，讲生产关系要适应促进生产力发展，“三级所有、队为基础”体制尚不能适应推动农村生产力较好发展，联产承包、统分结合双层经营能将农村生产力中最重要的人的因素及其主动性、积极性最充分地调动起来。

我联系家庭联产承包责任制的增产增收的效果，证明它是“交齐国家的、留足集体的、剩余全是自己的”这一正确处理国家、集体与个人三者关系又充分调动农民生产积极性的改革举措。我联系家庭联产承包制中遇到的实际问题，讲它不仅仅是分田分地到农民，而是落实责任到农户，同时农村基层干部要做好统的工作，逐步完善统分结合双层经营机制，改变干部过去习惯派工、组织大呼隆生产为抓好为一家一户提供统一经营的保障服务。

学习和实践促进了农村基层干部的思想解放，促进了家庭联产承包责任制在全乡健康有序的发展。与此同时，我们乡党委、乡政府全体领导成员和所有机关干部分工负责落实责任，认真做好乡村水利建设和管护工作，积极争取县里的水利项目资金支持，建成了当时全县最大容量的圩区机电排灌站，并组织全乡民工参与溧水县扎根长江、一级高程提水、能供三个乡田地用水的晶桥秋湖电灌站建设。

上述两项水利工程建成使用，确保了我乡圩区和山区承包农户责任田的旱涝丰收。为满足农民对肥料的需求，我乡在扩建硫酸厂的基础上，建成了过磷酸钙磷肥厂。施用该磷肥能使稻麦和油菜作物增产15%到20%，深受农户欢迎。

此外，乡政府大力兴办了制衣、制鞋等劳务密集型企业，再加上述两个厂的用工，大大拓宽了农民就地转移就业和致富门路，也增强了乡政府的可用财力。我乡在全县首开先例，拨专款给行政村定补干部发工资津贴和退休后的生活补贴，有效地稳定了农村最基层干部队伍，增强了他们服务统分结合双层经营的责任心。

到了1979年年底，晶桥乡普遍推广实行了家庭联产承包责任制改革，秋季获得了有史以来未有的好收成。秋收后，在镇江地区（当时溧水县尚未划入南京市）召开的三级干部大会上，我代表溧水县发言，介绍了先行家庭联产承包责任制做法和体会，与会代表深受触动和启发。时隔四十年，回想起农村改革，仍然觉得怦然心动、振奋不已、真切难忘。

1983年3月，溧水县被划入南京市，1984年我也被调入南京市委宣传部任副部长，我虽不从事农村工作，但对农村改革这一幕难以忘怀。家庭联产承包极大地调动起农民的生产积极性，极大地解放了农村生产力。

同样的天，同样的地，同样的人，但粮油产量就是有着天壤之别。农村改革，成了中国全面改革开放事业的先导和开拓者，功不可没。但最重要的还是首先要解放思想，实事求是，尊重群众的首创精神。纵有这样那样的理由，这样那样的困难，唯有改革才有出路，唯有改革才能使民富国强，事业兴旺。

燕子与麻雀

我小时候生活在农村，居住农舍，大门上侧旁留有一个窗口，供燕子进出，大门下侧旁留有一个洞，供狗进出。我天天看到燕子飞进飞出，筑巢时，燕子嘴衔泥一点一点叠窝，育儿时燕子嘴衔虫儿喂食张大嘴巴的雏鸟，还看见燕子嘴衔雏鸟的鸟屎丢出屋外，燕子成了我家一个忙乐不停的成员。

燕子，它的家就构筑在人们居家的屋内屋顶上或者屋檐下，产卵养儿育女，从门中飞进飞出，含食虫儿给幼鸟。虽然这种现象只是季节性的，不如麻雀常年如是。大多数的燕子都喜欢栖息在野外，只有家燕、金腰燕等少数的燕子喜欢在人类的居住屋内筑巢。这些燕子比麻雀更贴近人贴心人，不请自来，不把人当外人，成了人们的房中贵客。

燕子小巧而轻盈，体长大约13—18厘米，体重20克左右。燕子是一种偏一夫一妻制的鸟类，除非一方死亡，否则无论是迁徙还是繁殖，它们都有固定的伴侣。它被人称为“吉祥鸟”，人们待它很友善。

由王路、王云阶填词谱曲的《小燕子》儿歌：“小燕子穿花衣，年年春天到这里，我问燕子你为啥来，燕子说这里的春天最美丽。小燕子告诉你，今年这里更美丽，我们盖起了大工厂，装上了新机器，欢迎你长期住在这里。”这是很流行的儿歌，将燕子形象印刻在人们的脑海中。

从“燕知寒门”这句话我们也能看出古人对燕子的喜爱，时至今日，燕子作为一种益鸟，依然深受人们的喜爱。

还有一种家鸟叫麻雀。麻雀虽然体形小，但是它是鸟雀中与人共处的最常见的野生鸟。它的巢穴就构筑在人们居家的屋顶上，成了人类亲密的邻居。

在冬天一个温暖的有阳光的白天，在我家阳台的花架子上的花草地坪上散了些米粒，我隔着窗玻璃看到了一对麻雀，小心谨慎地飞落下来觅食，啄食米粒，一有动静，它们立即飞走。过了好长时间，它们又飞来，见有人又飞走了，可见麻雀既胆大又极具警惕性。

麻雀颜色呈棕、黑色的斑杂状，因而俗称麻雀。麻雀一般体长为14厘米左右，体重30—50克，飞行时速度每秒钟不超过8—10米，高度一般在10—20米，而且飞行不能持续到4分钟。麻雀是与人共生的关系，在有人的地方生存，在屋檐、瓦当、瓦楞或树洞中筑巢，吃食谷物和植物种子，孕期养育幼鸟，一窝6只左右。当失去一方时，另一方不再寻找配偶，叫唤到死不休。它胆大敢接近人，但又是警惕性极高，善于保护自己。它的寿命长的在十年左右，一般在3至5年。麻雀一度被列入“四害”而除之，而后又排除在外，后来有专家研究表明，麻雀虽然在成年期时以植物种子以及农作物为食，但是麻雀在繁殖期时需要补充蛋白质，此时它们就会捕食害虫，在喂食幼崽时，麻雀也需要大量捕食昆虫，麻雀每年会育雏1—2次，每次都会捕捉大量的昆虫，有利于农业生产。它被列入“三有”动物，无危生物。

2013年麻雀被列入濒危物种红色名录，是二类保护动物，被列入国家林业局2000年8月1日发布的《国家保护的有益的或者有重要经济、科学研究价值的陆生野生动物名录》。

麻雀在冬天到来时，它们白天就会出去找食物吃，晚上再回到窝里休息。它们白天能找到食物填饱肚子，它们就不会吃储存起来的粮食。如果白天没有找到食物，它们就会吃储存起来的粮食。它们也会在窝里放上干草，这样晚上睡觉的时候也会更暖和一些。

世界上麻雀有16亿只，燕子有11亿只。为什么麻雀比燕子多5亿只。究其原因有多种。

首先，燕子受气候影响需要每年飞行迁移。而燕子的迁徙短则上千公里，长则上万公里，无论多远，燕子们都是靠自己的一双翅膀完成的。迁徙是鸟类生命周期中最为艰苦和死亡率最高的阶段，在如此长的迁徙过程中，会有许多的燕子因为种种因素死亡，比如生病和年老的个体跟不上迁徙群，就会被淘汰掉等等。因此，迁徙时有较大的损耗，这是燕子数量减少的主要原因。而麻雀不必飞行迁移，无途中伤亡。

其次，燕子也不例外地受天敌的捕杀。燕子的天敌主要是天空的猛禽和灵活的小型食肉动物，在燕子觅食时，会被老鹰、喜鹊抓住吃掉，同样的像野猫等小型食肉动物也会捕杀燕子，因此，天敌的约束，也是燕子的数量减少的又一原因。

第三，不同的鸟类之间是存在着竞争。尤其是栖息环境高度一致的鸟类，它们的竞争往往更加残酷。虽然燕子选择了人类的住所这种相对安全的筑巢点，但是它们依然受到了竞争的威胁，在燕子的竞争对象中，麻雀是最常见，也是对燕子危害最大的。麻雀会“鸠占鹊巢”，麻雀会成群地占据燕巢，燕子虽体形较大，但它们最多是成对的，无法抗群。

第四，燕子专食昆虫害虫，而这些虫受药物剂灭杀而减少，随之燕子食物也减少。而麻雀是吃谷又吃虫，是杂食动物，食物有保障。燕子巢多构筑在人居屋内，原来农村农屋对燕子在家筑巢育儿都留有窗口或双开门留有门缝，能让燕子飞进飞出，现在农村农户少了，改建水泥墙单扇门，没有让燕子飞进飞出的通道，燕子筑巢育儿空间大为减少，数量也随之减少，而麻雀不受此影响而减少。

如今的燕子数量比起我们小时候来说要少多了，记得小时候，在夏季降雨之前，成群的燕子在街道上低飞捕捉虫子，平时，我们也能看到成群的燕子在电线上排得整整齐齐的，但是如今，这种场景很少能够看到了，即使有也是零星的几只燕子在忙碌。

“小燕子穿花衣，年年春天到这里……”，儿歌又响起，但大城市中已难见到飞翔的燕子，缺少了浓浓的春意，听到只是麻雀叫喳喳的声音……

南京珍珠河河景引人入胜

在古代，在南京地域上有一条闻名于世的河流叫珍珠河，原名为潮沟，有一天天下大雨，陈后主与侍从在一场雨中对话，便将潮沟命名为“珍珠河”，至今不变。南京珍珠河与位于南阳宛城区、方城、社旗二县区交界处的古镇桥头镇的珍珠河不可同日而语，其历史渊源、外在影响大相径庭。下面，我们来重温南京珍珠河的由来。珍珠河，位于南京城区中北部，北起玄武湖武庙闸，南至浮桥，流经北京东路、珍珠桥、文昌桥、文德里桥等处，最终流入内秦淮河，全长大约1.7公里。

说起珍珠河，便不得不提起潮沟和城北渠。潮沟，是孙权在南京城内开凿的一条重要人工河道，它北通玄武湖，将江潮引入南京城，因此得名。城北渠是吴后主孙皓（吴大帝孙权之孙，吴文帝孙和之子，东吴末代皇帝）在位时开凿的人工河道，直通昭明宫。而珍珠河，就是潮沟和城北渠遗留部分的合称。一天，陈后主（名陈叔宝，字元秀，南北朝时期南朝陈国皇帝）泛舟潮沟，玩得正尽兴，突然天降暴雨，后主甚是恼怒，游兴全无。身边的侍从都不知道如何是好。一位侍从便指着水面上溅起的无数晶莹水珠，讨好地说：“此乃皆珍珠也！”后主为了掩饰自己，也随口道：“这真是满河珍珠啊！”随即下令将城北潮沟改称为珍珠河，并一直流传至今。那真是：“吴主孙权开潮沟，陈主改名珍珠河。流水成线穿点滴，串串珍珠闪银波。”珍珠河的水长流不息，碧水荡漾，点点滴滴，如晶莹珍珠落盘，引人入胜，心旷神怡。流水不腐，水清如初，好不喜欢。除此之外，为保证水质清洁，沿河岸边，固定放置着一米宽十米左右长的“生态绿色浮岛”，岛上植物有黄菖蒲、南美天胡荽（又叫香姑或铜钱草）、柔瓣美人蕉，这些植物吸收水中养分，长得碧绿，开着黄花，成了喜人景色。其中，黄菖蒲是景观植物，是一种灵花，代表端午节气的花，诗曰：“樱桃桑椹与菖蒲，更买雄黄酒一壶。门外高悬黄纸帖，却疑账主怕灵符。”河水清澈见底，水中不时见有“苦草”飘荡。护理河道的植保人员，穿着“兴河市政”的工作服，每日辛勤劳作，打捞水中流淌漂浮杂草杂物，用小船装着上岸运走，确保流水清洁无一物混杂。

珍珠河河两岸的景观优美。十米左右宽的河道的两岸，均是水泥砌的墙壁，确保无水土流失，河床无淤泥，而两岸也都是精致的石砌的人行道和各种质地的栏杆，供游人随意行走。栏杆有水泥的，有不锈钢的，制作精美，成了游人观景的舒适依赖。从此，珍珠河一改昔日水土流失，河道堵塞，水质变色发臭，令人嗤之以鼻的现象，而是清泉长流，鱼儿畅游，岸边观景垂钓喝茶下棋的人愈来愈多，也成了一种景象。两岸的人行道不是堤顶高度的人行道，而是低于堤顶的往下走一人左右高度台阶或坡道才能到达的人行道。这个人行道一边是凭栏杆临河一米左右的亲水平台，又有一边是靠岸的绿树成荫的人行道。人走在块石或条石板铺成的五米左右宽敞的平展的人行道上，十分舒畅。珍珠河贯穿繁华的都市，为方便两岸人流行走，河道上隔不多远就架有桥梁，从南至北有浮桥、南珍珠桥、文德里桥、学府路桥、文昌桥、北珍珠桥……一座桥一个景点，人流如织，永无止境。

珍珠河的游人流连忘返。珍珠河河水是景，两岸阶梯是景，连结两岸一座座桥更是景。这风景带里，没有车辆喧嚣声，也没有飞尘，也没人聚集跳广场舞，来人大都是休闲散心散步的人，也大都是上了年纪的人，在这里喝茶下棋打扑克牌的人一堆一堆的。

这里近水，空气新鲜，带有负离子，很养生。来的人多了去，来了不肯离去，很吸引人，不仅有住家挨近的，还有相离较远的人，都被吸引来。游人陆续不断，流连忘返，人气旺旺。有时候聚在绿荫树下近水人行道上，一桌桌相连打扑克牌的可有二三十桌，加上挤在周围观看的就形成连片人群。为何一时有几十桌那么多人聚在一起，除了此地环境好，还有附近的住户乘机提供牌桌收钱获利，牌友有多少，牌桌有多少，人随来牌桌随到，好家伙气象惊人，人气空前哪。但过不几天，两岸人行道上桌连桌的景象一下子消失了，恢复了原有的常态平静样子。原来临近的住户因吵闹提了意见，经有关部门协商协调，平息了此事。现在，离住户远的地带仍有牌桌，但不见有扰民影响休息的现象。看来，珍珠河景观需要维护，需要行政管理，还需要每一位市民自觉参与，遵章守法不逾矩才好。

我家住网巾市，离珍珠河较近。我们老两口下午两三点按时到珍珠河畔散步观景，沿河两岸走个来回，走累了在人行道上木条凳上坐下歇歇，五点回家烧吃晚饭，这已成了我们的习惯，不破例。原先，老伴是跳广场舞，我到南工操场塑胶跑道上走几圈，后因疫情而中止，改到珍珠河两岸散步，觉得新鲜愉悦，很适应我们的年龄体质，就这样坚持不懈，久久为功了。党章修正案指明，把我国建设成为富强民主文明和谐的社会主义现代化国家修改为把我国建设成为富强民主文明和谐美丽的社会主义现代化强国。在此奋斗目标的指引下，各级党和政府紧抓不放，一步一个脚印，落实落地落细，社会主义现代化强国目标的实现指日可待。南京市委、市政府在社会主义强国目标引领下，认真贯彻落实总书记环保理念、环保方针，在组织人员制度措施等方面，将珍珠河管理落到实处，确保它水清岸绿景色宜人，成为居民心目中的美好向往和理想去处。珍珠河如珍珠粒粒撒向人间，浸润心肺，温暖心房。我们沐浴着它的清泉，赞美它的景色，簇拥着它的旺旺人气，伴着它到永久！

2023年5月27日写于南京

渔鱼乐

“渔鱼”是动宾结构，“渔”是捕捉鱼的意思，“渔鱼乐”是捕鱼人捕捉鱼时的快乐。

鱼在水中自由自在，人要靠双手难以捉住它，只能用网或竹篓来围捕，就是鱼已在网筐中，也得靠网兜来抄拿它。不用网，那只能改用叉来叉它，或者干脆把塘水河水放掉，干塘在泥地里捉鱼。不管鱼在水里多么自由自在，人凭智慧用工具，总能捉住鱼，那份高兴劲儿，难以言表。

小时候，农村不使用农药、化肥和除草剂，而施有机家积肥。田里自然长杂草，土里生很多蚂蚁、蚯蚓，水里有许多虫、虾和鱼，空中有蚊子、苍蝇。

总之，纯自然环境中，什么生命体都自然生长着，有着极强的生命力。

在我们家乡村子东头，有接二连三的水塘，有淘米洗菜塘、洗衣塘、牛饮水塘，还有对外联结的河流，水很清，作为人的饮水河。村民们按规矩，守习惯，在各个塘口河口用水取水，很讲究，很卫生，不会错。

各个水塘基本是孤立的，各处高程不一，下雨水满塘会由高处往低处流，最明显的是淘米洗菜塘的水会流向洗衣塘，洗衣塘的水会流向牛饮塘，牛饮塘的水满最终漫流向一片水田。

流水形成溪流，特别是洗菜塘到洗衣塘之间的溪流较长较大，有时会出现成群不大的小鲫鱼逆流而上，窜上涌流，奋勇向前，引来不少孩童戏玩捕鱼，成了十分吸引人的地方。

大人从来不允许小孩到河边去玩水，怕溺水身亡。快上小学时，大人才带小孩到小溪边看流水。那时我才能看到水中有鱼和虾，高兴不已，用手去捉，一跃就逃脱了，真惋惜。

这小溪就在我家门前不远处，有时趁大人忙着不在意时，我溜到溪边玩水捉鱼虾，有雨时水流大，上水鱼更多，接二连三成线成片，看着惊呆了，身上淋湿了，被妈揪回来，数落不停嘴，但刻印在脑海里的景象抹不去。

到了晚上睡觉时，不时做梦，说梦话，手舞足蹈，被噩梦惊醒。眼一闭，鱼就在身边，水中白花花的一片鱼，飞跃出水的鱼，潜在水中的鱼，能被人骑着驮行的鱼，鱼成了我的玩伴朋友。

我同村一个同龄玩伴，一道去溪流边戏水，他带了一个网兜放置沟里拦鱼，这一下我俩都高兴地期待着有鱼上网。看沟里水流不大，上水鱼很少，我们就先将下水口用泥土堵上，不一会水位高升，然后扒开堵坝放水，流水大了急了些，上水鱼也多了起来，网兜拦到的鱼便多了起来。

后来又忽然下起大雨，水流更湍急，上水鱼更多，大些的鲫鱼也被捉到了。鱼多了无处放，就用稻草穿着鱼的嘴鳃，不久串起了两串鱼。

大雨将衣服湿透了，我们马上拎起鱼奔回家。大人见了一串鱼，又惊喜又心疼。妈将鱼剖腹去肠清洗，下油锅做成了红烧鱼，一家人美美享用了一顿午餐，实在舒畅开心。我们小孩开心，大人更开心，他们享受到了小孩子捉的鱼，美味回味无穷。

有了第一次捉鱼吃鱼的经历，我们兴头更足了，我的玩伴有网兜，我也向爸爸讨要做了更大些的网兜，一起用网兜在溪沟里拦鱼抄鱼，比着谁捉的鱼多鱼大，比劲足着呢。

第二年我俩一道上了小学，在学校里，小学生们闲聊各自感兴趣的事，我们俩大谈捉鱼的事，说得眉飞色舞，同学们听了赞叹不已。但有同学听了说，你们在河塘边捉鱼会划水游泳吗，不会水会被淹死的。另一个同学说，我会，上学前我就会，我教你们不会的。

夏天，我们这些上小学的同学就聚在一起，在塘边划水游泳，会水的教不会的，一个夏季过后，大都学会划水了，我也学会了，真高兴，告诉爸妈他们也很高兴，看到孩子到河塘边玩水也放心了。

人长大了，心大了，见闻多了，已经不满足用网兜在溪沟流水中捉鱼了，想要用网下到塘里去捕鱼。我在家中拿出了父亲常用的手提网（俗称“赶井”），我比它略高些，能拿得起。

这个赶渔网现在很难见到了，它是用两根一米多长、粗细适宜的竹竿、中间交叉用绳扎着，弯曲后，四个竹根辫在一米左右长、半米左右宽的长方形的网角上，并在一米长一面和半米宽两个窄面上也从网底沿竹竿向上、离竹顶十厘米左右也网上，另一宽面无网，成了进鱼口。

我左手握住“赶井”网的顶部，右手拿着三角竹架在塘边沿草赶鱼进网，有时玩伴也在一旁轰水帮忙赶鱼。我不时提起网看，有小鱼小虾，不时也有不小的鱼。我累了，玩伴接着提“赶井”网捕鱼，突然从水草丛中赶出一条埋在泥草里的大鲫鱼窜进网中，一提网，鱼儿跳得欢腾，众人一齐将它抛到岸上，捉进竹篓，开心得乐开花。

鲫鱼在三至五月份在沿塘边水草里哗哗啦啦作响，是雌鱼在甩卵，卵附着在水草中，后雄鱼在上排精子，结合成受精卵，一周左右可见小鲫鱼。鲫鱼是杂食性鱼类，以水草茎叶籽、硅藻及蚯蚓等为食料。

在学校里，我们又显摆大吹用网捕鱼的收获，同学们听了十分羡慕，夸我们有能耐。但有的同学说用这种网捕鱼有什么了不起，我们还有更多的捕鱼手段方法。听了很有启发很受益，让我们学会记住了。

在假期或礼拜天，我与玩伴就试着用鱼卡子卡上浸泡好的麦粒，或用钩子钩上蚯蚓挂在线上，放置塘边水草附近的浅水处，等待一个时辰，再把线卡或线钩提起来，总能看到一条又一条甩动尾巴银闪闪的鱼，有鲫鱼，有白条，把鱼放进鱼篓，收获满满，开心不已。

后来，我们还用爸爸花钱从街上买了的一片丝网，放置水塘中网鱼，我们在水中嬉戏游泳，拍打水向丝网处赶鱼，提起丝网一看，上面间隔网扣了好多白条鱼。

我们还用两根交叉竹竿弯曲挑起一片一米见方的网的四角，系在用另一长竹竿支撑的竹顶上，将此网放置塘边水中网虾，网中间扣着螺蛳肉，间隔时间拉动绳提起网，总见五六只青虾在欢跳，有时还有小鱼。

有时，我们还不费气力地钓“王八”，用几个木块作浮子，系上钩上蚯蚓（最好钩上新鲜猪肝）的饵钩，抛至水塘中，等待一段时间，钩上鳖的木块会自动移动到岸，那因为鳖被钩子吊疼了只能靠上岸边……

农村的孩子，从小到大，从幼童，到顽童，到学童，到少年，嬉水渔鱼，办法从少到多，从低级到高级，越玩越大，越玩越开心舒心，其乐融融，乐其无穷，这是人生中最难忘最快乐的日子。

喜乐搬筝　大网捕鱼

我家在苏南水乡，水多河塘多，村子里有大小池塘一个连一个，大河小河一条接一条。河水多鱼多，捕鱼网也各式各样。在小塘小河有小网，在大河大流中有大网。较大的捕鱼网有揽河网、拖网，常见大的捕鱼网的有搬筝（或叫搬罾），现在已经见不到了。小时候见到的搬筝网有两种，一种是小的，一种是大的。小的搬筝有近20米见方，用两根较粗交叉的竹竿中间扎着，四竹竿头挑起四个网角，并用一根长竹竿顶端用绳系着交叉竹竿顶部，且用长绳子牵着，放置水中，然后间或拉绳立杆起网，见网中有鱼便用网兜把鱼抄起入篓。大的搬筝有近50米见方，能将一条小河揽过，网的四角都系有较粗绳索，有一角绳用木桩系到对岸岸上，临近一角角绳系在一根较长较粗的竹竿顶部，扎根在近对岸的河中，它能起卧支撑网的作用，还有两个网角角绳系到此岸，一个角绳与对岸一样被木桩固定在土中，还有一角绳被固定在转轴上，随时被人推动转轴转起绳索，拉起卧在水中的立竿支撑起网来，网倾斜此岸靠近人，以便有鱼好用网兜抄起。这种搬筝捕鱼多，尤其是发大水的季节，连塘里人工饲养的逃出来的家鱼都揽捕到了。

放暑假了，我们同村的几个一、二年级的同学结伴到邻近的搬筝网处去玩，看渔民起网捕鱼。“好家伙，这么大的网！”大家惊呼，未见过揽过一条河的网，怎么把网拉起来，这么大的网网的鱼肯定又多又大，我们得好好看看。“经常来玩的同学跟渔民高老板很熟悉，相互间一来一往地说笑着。同学中有一年龄大一些的二年级小胖同学高声对老渔民喊着："高老板，起网拉一条大鱼给大家看看，饱饱眼福！""好，高老板拉条大的！"同学们齐声喊着。高老板三十多岁，胡子拉碴，风吹日晒，显老了，看起来有四十多岁。他说已经拉起了好几网不曾见着鱼，那真是："一网连着十网空，耐着性子不放松，再起渔网试试看，最终一网就成功。"同学们跟着喊："一网连着十网空，最终一网便成功，起网，起网"。高老板顺着"一网便成功的"高兴劲头，奋力拉动转轴上的推杆，一旁的同学也帮忙拉杆，很快拉起搬筝大网，见到一条有十多斤重的大草鱼和一条几斤重的大白条在渔网中活蹦乱跳，引得大家一片惊叫声欢呼声。高老板用网兜先后抄起条大鱼小鱼，将它们放入大鱼篓中，放置水中养着。刚巧有一位同学家长赶来买鱼，也就是那位二年级的小胖同学的爸爸。这位同学马上喊道："爸你来买鱼？"他爸回说："你舅舅来了！"他们向高老板买下了那条二斤多重的白条鱼，与玩了尽兴的同学们一起回家了。隔了个把星期，五六个同学又聚到搬筝网捕鱼的地方玩耍，看渔民高老板起网捞鱼。到了现场，同学们只见搬筝网提起挂在空中，高老板不在岸边却在小船里，赶到网底中部在修补漏洞，洞不大，很快修复了。高老板将小船一划到岸边，见同学们来了说马上放网下水网鱼，看看今天运气好不好。同学们问，刚才看你修网，网怎么会破洞了？高老板说，这网修修补补已用了近十年了，要换了，换成新的尼龙网了。这尼龙网既轻又牢，提网不费劲，现在这麻绳网又重又容易破损，起水慢阻力也大，很容易让鱼跑掉。正说着高老板推竿转轴拉绳起网，网里有条十来斤重的黄箭鱼在乱窜乱蹦，高老板用长竹竿网兜伸到网底抄鱼，刚触网又破洞，鱼也漏网跑了，大家齐呼啊啊，太可惜了。高老板长叹一声，这网用得太久了，刚修补又破损又漏洞了，明天就换新网，今天让你们扫兴了，运气不佳，对不起，过几天再来吧。大家扫兴而返，不过在期待盼望着下一次的新网。换网对于渔民来说是生计大事。高老板一家二代人齐出动，用尼龙线织新网，并网，连结并装置缆绳，从家屋里忙到屋外河岸原搬筝处，用小船运网牵缆绳到对岸绑定在木桩上，临近一根绑定在起卧支撑的竹竿顶上，后将另一根绑定在此岸的木桩上，还有一根缆绳系在此岸人待持的转轴上，等待推动转轴拉绳索起网捕鱼。几天忙下来总算将新网架起来了。

同学们仍在过暑假，一起来到搬筝网捕鱼处。眼见新架起的大网，正在高老板拉动转轴卷起绳索提起新的尼龙大网，显得又轻松又快捷，快离水时，网底里呈现几条五六斤重的活蹦乱跳的鱼。同学们说，这次来了时运也来了，“迎来时运，饱了眼福，巧逢其时啊”。高老板见同学们来了，带着一股高兴劲地说：“渔汛来了挡不住，时运来了难挡住，渔汛不往运难来，渔汛时运龙凤舞。”高老板顺口溜：“说得好，说得妙，祝你好运，贺你渔鱼丰收”。高老板放网下水，过了一个时辰又要提起网来，一边拉竿转轴起网，一边说：“这新尼龙网真轻，过水快，拦着的鱼也多，离水快，鱼难逃一劫，称心如意网，真好。”提网后又见几条大小不等的杂鱼在网底，高老板用网兜抄了，“现在正逢渔汛，拦的鱼比往常多，今年真是渔民的丰收年，要过好日子了！”同学们说，我们也来试试，看看我们的手气。大家来到转轴处，慢慢推动转轴，放网入水，过一会儿，几个同学七手八脚又拉动转轴上推竿，将网上牵引绳索转上转轴，提起网来，快见网底时，一条十多斤重的螺丝青鱼和几条几斤重的鳊鱼一起跳蹦出来，引得大家欢腾不已，高老板兴高采烈地说，你们福分来了，撞时运啦，这网鱼是你们打的，你们带回去，也算我送的，谢谢你们给我渔民送福送运，下面你们可以再打三网，打到鱼连这一网的全部赠送你们。同学更是乐翻了天。接连几网打下来，几乎网网有鱼，多少大小不等，总共有三十多斤鱼，几个同学分了，带鱼欢天喜地回家，父母兄弟姐妹全家人一同喜乐。

2023年7月28日写于南京

快乐学娃

在我们家乡有一大村庄，姓陈的是大户，住在村东头，加上姓徐的，住在村西头，再加上其他逃难迁来的杂姓的，住在棚户区，共有大几百户人家。村大娃多，大了就要上学。小学校就开办在姓陈的祠堂里。过去祭祖时，祠堂里一片肃穆，年长有身份的老一辈主持，男性成年人参加，也有大人带上男孩子，我也随父亲参加过。大家随主持人喊一叩首，再叩首，三叩首，毕恭毕敬地弯腰向祖宗牌位鞠躬敬礼。这个印象，一直牢记在脑海里，久久难以忘怀。

祠堂很大，有前后两进，共有五大间，一间是老师的办公室，其余四间为教室，作为一二年级、三四年级、五六年级的复式班教室。原来只有一至四年级，后来升学人多了，县里就增派了五六年级的教师，村的初级小学校变成了高级小学。校舍两进之间是个大花园，种植了围成圆形的樱桃树，树不高，刚好与小学生一般高，跨不过去。樱桃树每年开花结果，樱桃果熟透了，由青色变成亮红色至深红色，十分诱人。学生们会唱顺口溜："樱桃樱桃透亮红，谁见了它不眼红。偷采被抓被惩罚，强忍涎水留口中。"由于学校老师管理很严，对偷樱桃的学生会遭到严惩，或让其站壁，或让其挨打手掌心，甚至让其挨打屁股，学生见过此种场面，都不敢违规违纪。

铜钟铃声作为号令，连续两声响为上课，一声响为下课。敲钟的铜铃上系有绳子，由值班的老师到时牵着铃绳敲打铜钟。上课了，全校舍内无声无息，只有老师的上课讲解声，因为是复式班，讲完这一班，布置完作业后，还得继续给另一班讲课并布置作业，课后老师还得批改所有学生上交的作业簿，老师确实很辛苦。一下课，课间休息时，同学们欢快嬉闹声一片，充斥两耳，这是学生们最高兴的时刻。他们纵情地跳，纵情地闹，纵情地笑，他们的五脏六腑都在纵情地跳跃，欢快不已。

一个星期的课上完了，到周末全校师生近200人，全体列队集合在校舍前面的操场上开校会，由教导主任主持会议，由校长讲话，回顾一周来教学情况、教学秩序，表扬好的班级和好的老师和好的学生，也批评迟到早退甚至无故缺课失学的现象和学生，并提出改进意见和注意事项，接着教导主任强调贯彻落实具体意见。散会后，有的老师还将自己负责的班级留下再开班会，再落实措施，十分认真负责。一周校会开下来，校长还是表扬多鼓励多，老师们学生们欢声笑语、欢天喜地。校长老师要求明确，要求严格，但学生作业不繁重，只要会做，做错了弄明白了就行，学生尽情地要，快乐地玩，玩个痛快。接着校会后，就是校长放手让师生们做“猫捉老鼠”“黄鼠狼给鸡拜年”的游戏。场地上，扮演猫和黄鼠狼的老师和学生拼命地追，扮作老鼠或鸡的老师或学生拼命地逃，气氛紧张热烈，获胜者兴高采烈，失败者垂头丧气。不管是胜利失败，师生们尤其是学生们玩得格外投入，尽兴，开心，舒心，师生之间情谊更融洽了。

游戏做完了，不尽兴的男同学继续打篮球，女同学踢毽子。男同学选了蓝队5个男生对红队5个男生搞起了对抗赛，在裁判的主持下，打得难分难解，不分胜负，加时赛后又加时，最后又加了投篮赛，看哪个队投篮多，终于决出其中蓝队胜出。女生踢毽子，玩法多样，无奇不有。一个人踢毽子，有左右盘脚对踢，对外翻踢，左右脚跨踢，还有前后踢，随心所欲，灵活自如。二个人甚至多个人，可以玩转递对踢，接龙踢，甚至可以抢踢抢接，技巧熟练的可以连番几轮，毽子始终粘在脚上不落地，喝彩声连连，响成一片。老师备课十分用心，力求把课上好，讲得能让学生听懂，明白，理解，记住，深入浅出，能让学生喜欢听，爱听，赶他走都不愿走。学生听课全神贯注，力求把老师的课听全听懂听明白，不懂就问老师，或与同学讨论，由浅入深，全面理解，课后认真做作业，认真复习巩固，一点点牢牢记住，绝不马虎，不懂装懂，一知半解。教学相长，互助互动，教学气氛浓烈。学校老师教得好，学生更是学得好，成了欢乐开心的学娃。由于学校的学风好，学生不会留级，留级是不光彩的，个个都能升级，从一年级都能到升二年级，升三年级，一直升到六年级。邻村的家长对此很羡慕，托人将自己的小孩转学到我校。一转学，学风好了，不久成绩马上跟上来了，成绩好了，玩得也开心了，整天笑嘻嘻的。我们这个学校就是好，顺着讲是：教得行，学得进，玩得好。倒过来讲是：玩得好，学得进，教得行。怎么讲，都在情理之中。

我们村子的小孩从七八岁入学，从一年级到六年级毕业，也就是到十四五岁，一直未离开家乡，在父母校长老师的护佑下，快乐成长，快乐学习。通过升学考试，所有六年级的学生都被录取升入初中，只能离开家乡，离开母校，难分难解，难以离别。中学离我们家乡有十多里地，入学后只能住宿在学校。父母在给我们准备行李时嘱咐说：你已经不是小孩子了，要学会生活自立自主，一切要靠自己，要勤快，不要依赖。老师说，你已经是个小伙子了，要当个像样的争气的中学生，要发扬我校好学风，当个“三好学生”，为母校争光。

我们这个班的学生，未负父母和母校老师的嘱咐，发扬母校好学风，自强自立，认真学习，刻苦钻研，好学上进。同时，仍然不忘快乐地玩，开心地玩，让玩伴随学习，让学习充满快乐，充满欢乐。“好学和欢乐”，是我们的校风学风。只有学得好，我们才有欢乐，也只有欢乐陪伴才能学得好，两者兼得、缺一不可啊！

养螺蛳吃螺蛳

螺蛳有外壳，开口处有个盖子叫膜厣，它是由腹足后部所分泌的黏液形成的，用以封闭壳口，抵御寒暑或干旱，有保护作用。壳子里面有肉，这肉也属荤腥菜，这在三年困难时期是难得的不费钱只要费点力就能吃上的荤菜了。

在吃糠咽菜，连观音土（一种咬得动的嫩石头）都能填肚的年代能有肉吃，那真是一种福分。螺蛳肉就是一份“福菜”。

小时候，妈妈经常会拿着一根竹竿连着的扒网或推网，在池塘边上捕获螺蛳，一网打上来总有好几粒，还夹有小鱼虾子，慢慢就有好多螺蛳和小鱼虾了。

拿回家用一木盆水将螺蛳养起来，让螺蛳在水中吐泥，并不断绞拌螺蛳，倒换清水。而小鱼虾先就炒盐菜吃了。养了几天的螺蛳捞起来，用剪刀剪去螺蛳屁股清洗后，加上辣椒炒了吸肉吃，味道不错。

饭吃不上，但螺蛳肉填饱肚子，着实幸运，可以让人渡过难熬的日子。螺蛳，螺蛳肉，螺蛳肉的味道，螺蛳肉的营养，它让人难以忘怀，在那个年代功不可没。

俗话说“清明螺，抵只鹅”，又说“三月螺蛳，四月蚌”，说的是三月清明前的螺蛳味美营养好，到四月又有好吃的蚌。更有人说“螺蛳过酒，强盗来了勿肯走”。

“生的一碗，熟的也是一碗，吃光了仍是一碗”的螺蛳味道鲜美，在人们心中留下了深刻而难忘的印象。

小学毕业后，我考取了离家十余里路的直溪中学，上初中时寄居学校，长大上高中时不寄宿了，改为走读。

早起赶路去学校，放学又赶路回家，中午带一餐午饭，午饭一般是妈妈准备好的，是干饭加螺蛳肉炒盐菜或螺蛳肉炒辣椒，没有其他荤菜可带。我将自己的菜与其他同学带的菜交换了吃，双方都高兴。

但吃久了，螺蛳肉让人吃够了，吃腻了，但还只有带它吃它，到后来见到螺蛳肉就反胃吐酸水。

再到后来，我就查资料研究螺蛳来了。螺蛳是一种水生动物，其繁殖方式分为交配繁殖和无性繁殖两种。交配繁殖是指雄螺和雌螺进行配对繁殖，产卵发育成幼体；而无性繁殖则是指螺蛳通过自体受精、离体受精以及体分裂等方式进行繁殖。

在交配繁殖中，雄螺和雌螺会产生化学信号相互吸引，然后通过交配进行繁殖。通常，交配会在春季和夏季进行。在交配过程中，雌螺首先吸入雄螺释放的精子，并将其贮存到体内。

之后，雌螺会从体内产出受精卵，并将其沉积在水底的沙子或石头上。螺蛳受精后会通过卵的分裂逐渐发育成幼体。幼体会沉降到水底，并且会逐渐生长成成年螺蛳。

除了交配繁殖外，螺蛳还可以通过无性繁殖的方式进行繁殖。无性繁殖包括自体受精和体分裂。在自体受精中，螺蛳会通过体内的内源性精子受精自己的卵，从而产生后代。而体分裂则是许多两栖动物、爬行动物和水生动物均可采用的繁殖方式，螺蛳也不例外。

螺蛳的体分裂主要是通过一个叫做“球状体”的组织进行。在这个过程中，螺蛳会从球状体中产生出新的卵胞，之后这些卵胞又会逐渐发育成幼体。

螺蛳既然是穷人的荤菜、福菜，也是富人间或喜欢的菜，那就要认真对待善待。要有节制地搜集捕获池塘河沟里的螺蛳，用清水饲养，供它上市，满足市民需求，并根据供求情况，随行就市，平抑物价，上下浮动，以求供求平衡。如果供不应求，也可增加捕获，扩展池塘河沟范围，以增加螺蛳供应量。

靠自然资源很难满足所需，那就要靠人工科学饲养这一渠道，组织培训养螺蛳专业户，增加饲料，增加产量。要依据螺蛳的习性，科学饲养。

螺蛳常以泥土中的微生物和腐殖质及水中浮游植物、幼嫩水生植物、青苔等为食，也喜食人工饲料。螺蛳常栖息于冬暖夏凉、底土柔软、饵料丰富的湖泊、池塘、水田和缓流的河溪中。

它的最适生长水温在20—25℃左右，水温达15℃以下和30℃以上时即停止摄食活动。10℃以下时即入土进入冬眠状态，当水温回复至15℃以上时其复又出穴摄食。

人工养殖螺蛳可开掘专用池饲养，也可利用自然的稻田、沼泽、沟渠，还可同鱼类混养。

在人工饲养中，我们将自家耕种的责任田与靠的近的池塘之间，打通水源联接，作为饲养螺蛳的专门场地，布撒适量螺蛳，并适时适量给螺蛳投放蔬果、菜叶、米糖、麦麸、豆粉和各种动物下脚料等。螺蛳饲料充足，生长很快，特别在混养情况下。

螺蛳也是雌雄异体的，雌雄性在外表也可以从触角的形状区别出来。繁殖的情况也跟田螺一样，是胎生的，卵在母体的育儿室中受精发育，待生长成幼体以后才排出体外。

不同的是田螺每一胎有胚好几十个，而螺蛳每一胎一般只有3—7个胚。螺蛳无论春、夏、秋、冬，整年都繁殖。

由于遵循科学养殖，螺蛳产量大增，而且质量上乘，很受市场和市民欢迎。靠市场托举，销售量稳定增长，螺蛳养殖户致富的不少，带动了更多的养殖户参与，走上了养螺蛳的康庄大道。

蹭吃蹭喝，寿比南山

在同一拨退休的干部中，有一老头姓刘，他严守时日，在每年的6月6日晚上，在附近的庆丰酒店，吃生日面，喝生日酒，雷打不动。以往到这一天，与老婆孩子一起过，有男有女，有老有少，很热闹。孩子大了分到外地工作了，工作忙回不来，那只有老婆与他一起过生日了，与他一起唱生日歌。再到后来，老婆病亡，只剩下他孤独一人，但他还坚持到庆丰酒店庆生吃生日面喝生日酒，只是形单影只，孤单寂寞了。

本来6月6日原意是“六六是吉祥如意、顺顺溜溜的”，但落在老刘身上却不顺当了。不过在这一天来庆丰店庆生的人还有不少人，有的是一大家亲朋好友，也有少数几个人的。这时的老刘便觉得6月6日还是吉祥的好日子，有人与他同日同店庆生，心里真是舒坦舒畅。

当日，老刘又添加了一个炒猪耳朵，平时他只要花生米和一个荤菜，不是炒肉丝便是红烧鱼。正当吃着，来了个平时也常来蹭酒喝的老孙头。此人平头大嘴龇牙酒糟鼻，说话大声大气的，他一来人气就浓了许多。他寻找老刘这桌走来，自找酒杯，倒上老刘的酒，反客为主向老刘敬酒，一杯下肚又倒上一怀，等着主人回敬。此时老刘招呼着让老孙头坐下，并说：“你陪我吃喝，也陪我说话，说你白吃白喝，也好也好，你不用花钱呵！”说着给老孙头回敬了一杯酒。老孙头高兴了，大声说：“蹭吃蹭喝好啊，很受欢迎呵，特别是蹭吃寿酒寿面。俗话说蹭吃寿酒活过九十九，蹭吃寿面长命百岁！”老刘接话：“这也是，这也是！”

“蹭吃寿酒活过九十九，蹭吃寿面长命百岁！”这句话在这个店的周围流转着，有人高声背诵着，当晚有好几个乞丐涌进此店蹭吃喝。店老板见这场面找到老刘老孙头说，你们看看这样下去不行啊，怎么收场看着办吧。老孙头当着围店的乞丐这拨人说，我家老刘寿星今天过寿，寿酒寿面吃过了，晚饭吃完了，大家散了吧，请大家明年6月6日再来吧。听话的这拨人回应说：“好，明年6月6日再来，到时候再见！”

老刘对老孙头说：“明年这一天真让这么许多蹭客来喝酒吃面？”“明年这一天你不过生日了，要过生日，那这一天人们来了喜庆祝贺，那就只能真心实意欢迎！”老孙头回话说：“好，好，好，那就明年这一天好好过我的生日、寿日！”

老刘估摸着：我老刘不是小气人，人老了每月还有不少的退休金，还有不少平时积蓄，大大方方做一次东不成问题，穷不了。而且再过一年他就七十大寿了，俗话说做七不作八，七十岁好好庆生一下。他打算着主动请自己单位的和老伴单位的老同事、老同学、老亲友五桌人，共同欢聚明年6月6日的生日会餐。

他喊来老孙头，让他明年生日按他排好的名单通知人来过生日吃庆生宴，好好热闹一下。老孙头是个热心好事的，人头也透熟，他逐家逐户一个不落地上门通知到人头。被通知的人中有个人问，说他老刘过生日为何要如此大操大办，不同凡响？老孙头只好硬着头皮说：“一生有几个七十大寿，他老刘此生此年此月此日不办更待何时啊！”被通知的人听此言都点头称是，赞不绝口。

只是当他通知女客时有点犯难，人头并不熟悉，只好与老伴商量，邀她帮忙上门通知请客了。他老伴说：“名单中的严嫂一定要请到，她不仅与老刘的妻子好，与老刘也同样好，走得很勤很近。”老孙头说：“严婆娘与老刘老婆要好我是知道的，与老刘走得亲近没有看出来。”老孙头的婆娘朝自己的丈夫做了个鬼脸，使自己的丈夫很惊讶。

一年春夏秋冬轮流转，日子过得很快，马上就到次年6月6日。当日这餐饭并未按习惯安排在晚上，而是在中午。上午十一点多，一些被邀约的男女客人逐渐到了庆丰酒店。老孙头陪老刘早在十点多一点，就到庆丰酒店再度作菜单、酒水和客人桌次安排，并随时恭候迎客。

快临十二点，人齐了，开席了。老孙头做了主持人，他大嗓门一吼："人齐了，先请刘老哥致欢迎词！"大家一声不吭，静静地听老刘热情洋溢的讲话。但是老刘只是简单的两三句话："今日是我七十大寿，请大家来聚一聚，说说话，谈谈心，吃好喝好，一起举杯动筷子，开席哪！"人老了，很少走动见面，这次聚餐提供了难得的机会。大家起身，相互举杯，碰杯，一饮而尽，掀起了热闹欢庆的浓浓气氛。

老刘在老孙头的陪同下，一桌一桌地向客人敬酒，先向四桌男客人敬酒，后向只有一桌的女客人敬酒。当向严嫂敬酒时，老刘发现她原来很胖的人现在苗条了，有些眼生了，他在她脸上停留了较长时间。一旁的老孙头说："老刘你与严嫂俩大半年未见了吧，她老伴也过世了，长时间未出门，人也瘦了，现在恢复了，反而显年轻了。"老刘与严嫂两只手紧紧握着，身体也紧贴着身体，两个孤寡人走向一旁，讲悄悄话去了，时间很久很久。从此，他俩天天联系，不是电话就是微信，再不就是相约见面，没完没了，再到后来严嫂干脆到老刘家住下了。聚会成了相亲，两家人成了一家人。这真是：寿酒喜酒，各美其美，美人之美，美美与共了。

到了次年的6月6日，老刘与严嫂举办了结婚礼，邀请双方的亲朋好友百余人，有十多餐桌，热闹异常，气氛爆棚。6月6日，六六大顺，确实是个好日子，大喜的日子。不请自来蹭吃蹭喝的人多了去了，怎么办？还是老孙头给老刘出了个的主意，用两个木桶，一个装酒，一个装面，让蹭吃蹭喝的乞丐那拨不请自到人，有酒喝有面吃，既能“活过九十九”又能“长命百岁”，“桶桶”都是寿比南山，福如东海！

老刘畅快地大声说：“好，好，蹭喝寿酒还有喜酒的，蹭吃寿面还有喜面的，统统都是寿比南山，福如东海！”

地龙赞

蚯蚓，俗称地龙，是人们最常见的、生活在土地里表层10到20厘米深的软体动物，除了海洋、沙漠和终年冰雪的地区外，在世界上大多数生态系统中都有蚯蚓存在。都说地球上人口众多，但是蚯蚓数量比人口多得多。2021年，我国人口密度是147人/平方公里，而全球蚯蚓丰度换算之后是5—150条/平方米，可见蚯蚓的“蚓口”数量远远高于我国的“人口”。“人口”自然生态系统由博大的“蚓口”自然生态系统托起而稳妥妥地运行。明代医药学家、博物学家李时珍曰：“蚓之行也，引而后申，其蝼如丘，故名蚯蚓。”蚯蚓老百姓称它为地公，中医称它为地龙。蚯蚓生在土里，以土为家，它砧土、松土、翻土、吃土、肥土，供土长出好庄稼。小学生为它唱儿歌：“小蚯蚓最勤劳，做了好事真不少，又松土又翻地，庄稼长得好又好，都夸奖小蚯蚓，功劳真不小。小蚯蚓真勤劳，做了好事从不叫，伸伸头弯弯腰，钻进土里找不着，都夸小蚯蚓，风格真是高。”

蚯蚓通过挖掘、吞咽和排泄的过程，可以将土壤中的有机物质和无机物质混合在一起，形成肥沃的土壤，还可以将深层土壤的养分和水分带到表层，提高土壤的肥力和保水能力，改善土壤的结构和通气性。促进植物生长。蚯蚓排泄的粪便中富含氮磷、钾等植物营养元素，这些元素可以被植物吸收利用，促进植物生长和发育。蚯蚓是许多生态系统的重要组成部分，它们可以作为食物链中的下层消费者，为上层消费者提供食物，还可以分解和降解有机废弃物，防止有害物质对生态系统的破坏。不仅儿童赞颂蚯蚓，历代诗人也吟诵它。唐朝卢仝《夏夜闻蚯蚓吟》："夏夜雨欲作，傍砌蚯蚓吟。念尔无筋骨，也应天地心。汝无亲朋累，汝无名利侵。孤韵似有说，哀怨何其深。"明朝王邦畿《蚯蚓歌》："蚯蚓鸣，天气清。蚯蚓伏，天气浊。汝处何卑，汝躬何微。澌澌漓漓，夫何变化而神奇。"清朝乾隆《山中玩物杂言十首·蚯蚓食土壤》："蚯蚓食土壤，蚩蚩何所为。蜩蝉饮露，蜕上高高枝。卑高慕其仙，飘摇安可追，倘令智相及，无限亦无悲。"

蚯蚓营养丰富，鲜体粗蛋白质含量达12%—20%，干体粗蛋白质含量达60%—65%，粗脂肪含量8%，碳水化合物14%，还含有丰富的维生素，是塘虱鱼的优质活饵。所以我们常用蚯蚓作钓饵钓鱼，用此活动的钓饵钓鱼，鱼儿很容易上钩，收获满满，相比商店买置的人工钓饵钓的鱼要丰盛很多，人工钓饵易取，但蚯蚓钓饵难以获取。蚯蚓不仅鱼儿喜食，家禽特别是鸭子也格外喜欢吃。我小时候见过这样的情景：夏天逢连续下雨，受水久泡受淹，不能呼吸，土场上爬满了被迫钻出土的蚯蚓，家里养的几只鸭子兴冲冲地吃着一条条又粗又长的蚯蚓，不一刻鸭子的嗉囊就鼓鼓的了，连路也走不动了。既然蚯蚓是极富营养的动物性食材，那我就来饲养蚯蚓来喂养鸭子。蚯蚓生命力极强，再生能力也强。我就将蚯蚓一斩两一斩三，将一条变成二变成三条，来喂养。用发酵过的牲畜粪便、稻草秸秆、玉米心、甘蔗渣等作为饲料，或直接投喂香蕉、梨等水果皮，蔬菜叶、剩饭、豆渣等。投喂饲料前，掘开泥土表面层，埋入饲料，再覆盖上泥土，要把饲料完全没入土中，并且饲料量尽量多一点。用这样蚯蚓喂养的鸭子所产的蛋又多又大，而且蛋黄都呈闪亮红色，十分诱人。

蚯蚓是一种环节无脊椎动物，其心脏随身体前部的若干节分成了若干个，一般为5个心脏，甚至多至10个心脏。身体能在土壤中随意进出，蚯蚓可以吞食土壤，然后吸收其中腐殖质和其他有机物的营养，废弃的土壤再通过它的身体排出来，这样就起到了松土的作用。虽然蚯蚓看起来似乎很渺小，但它们在我们的世界中扮演着非常重要的角色。它的活动可以帮助空气进入土壤，使植物根系可以生长得更深，为植物的根系提供透气的土壤和生长的机会。由于蚯蚓的活动，它们的排泄物也变成了高质量的肥料，有利于植物的生长和健康。蚯蚓还有助于提高土壤的蓄水能力。它们的活动和身体结构可以帮助土壤更好地保持水分，防止水分的流失。当它们从一个地方移动到另一个地方时，它们的运动可以改进土壤内的结构，使土壤更加松软透气。蚯蚓对于土壤生态系统的改善对人类来说也是非常重要的。它们的存在有助于改善土壤中的生态系统，地球上的许多物种生存都离不开蚯蚓的“暗中相助”。

虽然蚯蚓看起来很脆弱，没有任何防卫能力、速度又慢，但它们在大自然中也有着自己独特的优势。

首先，蚯蚓的身体结构可以帮助它们穿过土壤。它们的皮肤可以分泌黏液，从而使它们在穿过土壤的过程中更加容易。此外，它们的身体结构很灵活，可以任意卷曲，这使它们可以在土壤中寻找食物和躲避天敌。其次，蚯蚓的生存能力很强，它们可以在比较恶劣的环境下生存。它们能适应不同的土壤环境，即使没有足够的食物或水，它们也可以存活数周甚至数月之久。最后，蚯蚓有着强大的繁殖能力。它们可以在很短的时间内繁殖许多后代，并且在世界各地都有其自然分布。这使得它们可以在不同的环境中找到自己的栖息地。尽管蚯蚓看起来并不重要，但如果蚯蚓灭绝了，地球上将发生一系列问题。首先，土壤的品质将受到影响。蚯蚓的作用是改善土壤的质量，如果蚯蚓灭绝了，那么土壤中的结构就会受到影响。这将导致土壤变得更加紧密，难以透气和排水，不利于植物的生长和发展。

蚯蚓为植物的根系提供营养和透气的土壤，如果它们灭绝了，那么植物将无法获取到所需的营养和生长支持。这将导致植物的生长受到抑制，甚至可能导致植物的死亡。如果蚯蚓灭绝了，地球上的许多生物也将受到影响。蚯蚓对于许多生物来说是重要的食物来源，包括鸟类、鱼类和其他小型哺乳动物。如果蚯蚓灭绝了，这些生物将面临减少食物供给的问题，这可能导致它们的数量减少，甚至绝灭。

蚯蚓的存在对于人类也很重要。它们为我们提供了生产农作物所需的良好土壤，土壤是农业生产的基础。如果蚯蚓灭绝了，我们的粮食生产将受到影响，这将导致食物短缺和经济损失。蚯蚓虽然在我们的眼中看起来微不足道，但它的存在对于我们的世界来说是至关重要的。

2023年9月22日写于南京

一任局长一个特色

加班加点　灯火通明

到点了，下班了，可以回家吃晚饭了，有人大声喊着。有一部分人陆续起身拎着公文包离开了办公室。还有不少办公室仍然有人，亮着灯，灯底下有人埋头伏案执笔书写着文稿，批阅着文件报告。过了一会儿，又有人熄灯离开办公室回家了。又过去快半小时了，仍有人亮着灯，谈着话，看文件批报告，没完没了，永无止境。

我是个通过招考招聘到机关工作不久的公务员，原来在学校待过，习惯了下课铃声下班铃声作息，到机关没有上下班铃声作息了，全凭对照上下班时间表自觉遵守自主行动。刚开始，一到下班时间就起身离开回家，但后来看到在机关上班的人不是这样，忙了一天仍然忙不完，多数加班加点，挑战夜战，即使无事也在找事，或谈话闲聊。

我问了“老机关甲”才知道：有的怕回家早了要忙东烦西烧晚饭，迟些回家可以吃上现成的；有的装积极表现给领导看，获得一个埋头苦干的好印象；有的因机关灯火通明、夏天寒天空调都不要付费，乐得自由自在；有的在下班时间在办公室干脆打起扑克牌，为争输赢一牌牌打下去，好不热闹。也有的确实是任务在身，白天未干完，晚加班紧赶，甚至几个人商量合伙分工干。

“老机关乙”也主动对我说起，赵某因常年开灯夜战被评为机关先进个人，此人确实默默无闻，老实巴交，对他评先大家也认了。但他谈到常在机关办公室打扑克牌的四人被评为扑克牌比赛冠军时，脸有不屑。

在旁的“老机关丙”说，我倒是佩服平常不加班，但在有紧要任务时二话不说有担当冲在前，加个班熬个夜，把见报的稿件、上报的调查报告赶写出来，这是个真本事，不拖不磨洋工的有效率高效率。

“老机关丁”他深有感慨地说，现在八小时工作制、上下班作息时间表全都失效无实际效用了。为什么机关人浮于事，不计用工人数，不计时间花费，不计开支成本，不计办事效率？如果机关也处在激烈的市场竞争中，它的法人不会无动于衷，于生死不顾，放任在自由自在之中。看来机关作风不得不改。

惜时如金　快刀高效

该机关在全市中要算个大局，现任“局长A”也算个老局长了。像他这样的局长这样的领导方式是普通型的多了去了，缺乏创新思维，致使下级处级干部也是按老传统照旧习惯就按过去方式办。时间过了不久，该局调来了“局长B”，接替了“局长A”，领导方式工作作风随之发生了变化。

变化是变“磨洋工”为“磨快刀”；变认定“八小时工作制”为“时间就是金钱”；变“耗时日”为“高效率”；变“疲劳战役”为“劳逸结合”。新局长快言快语，高效率快节奏，任务目标明确，措施扎实果断，决不拖泥带水。他一来就调查研究，摸清情况，召开机关作风动员会，着重讲“四变”，强调“磨砺快刀”，加强学习培训，增强业务能力水平。要有时间观念，“时间就是金钱”，在八小时内就必须完成既定的有质有量的工作任务。决不能点个卯充个数耗时日，要追求工作快节奏高效率，又不能打疲劳战，没完没了，而要劳逸结合，有张有弛，在紧张的工作之余有丰富多彩的娱乐体育生活。“局长B”是这样讲也是这样做，言行一致，做了示范，在机关人员中很有感召力吸引力，他成了被学习的榜样，一改过去的机关风貌。

在“局长B”的全局机关作风动员大会后，他又提出了机关八小时工作制度、业务学习培训计划、机关工作ABC具体项目，并责成办公室协同有关处具体规定落实。

此后，局机关形成了一个围绕服务中心的业务学习培训考核检查的热潮，机关工作人员沉浸下来，浮躁、表面、磨洋工的虚假现象难以生存，混日子混不下去了，个个下班回家后，自个儿铆着劲儿学习磨砺自己，努力使自己成为有作为有成就感的能人。在这样的环境中生存，时间长久了，个个都会长成为适应竞争气质的能人。

工作上混　关系上能

三个年头过去了，该局又调来了“局长C”。“局长C”既不同于A，又不同于B，既不“混”又不“能”，是两者兼而有之又不兼而得之。“局长C”在工作上能“混”，他口号喊得响，标准瞄得高，措施定得好，能否落实落地落细不重要，只要汇报领导时得到满意称赞就成。在人际关系上会“能”，对上对下都有一套，特别是对待上级领导上，表现极致。对下，能联系群众，讨好百姓，发放福利，对上对领导特别恭敬，百般殷勤。“局长C”他深有体会地说，工作上要花巧功夫，工作要“混”好，这一好百好。人际关系上要花笨功夫苦功夫，让群众满意更让领导舒心，这一好更赛锦上添花。在“局长C”的治理下，该局的人在工作上嘴上花言巧语，行动上笨手呆脚，在人际关系上八面玲珑，一派生动局面。

在“局长C”的主持下，工作上不费工夫，而巧功夫下足了，有关工作的计划部署、成绩总结表面文章十分漂亮，而在人际关系上也下足了实功夫笨功夫，在基层群众培训了成天言好事的“代言人”，在领导层有专门听汇报总结的“好领导”，总之功夫到家了，从上到下都是一片赞美该局的言辞，该局美在群言，美在领导盖棺认定，到了美美与共的境地了。

又过了几年，该局又换局长，来了“局长D”，此局长也有长处特色，有个性，因而该局工作也有特色个性。个性中有共性，特色中有普通色，在一届届一任任中不断交接中前进，永不止步停滞，永远向前。该局被领导的处级干部以及科以下干部也得生生适应局领导的交替，适应新领导工作方式的改换，在交替改换中不断成长进步。

终于机关改革的春风吹来了，上级下发了党政机关作风改革的文件，有目标有依靠有措施的改革展开了。改革坚持群众路线，充分发挥局处科干部和全体机关人员的聪明才智，认真听取吸收各方面意见，形成并反复修改机关作风改革方案，在领导和监督机关的全力注视下扎实推进，全体党政机关作风有了明显改观，办事效率大为提高，一改过去局长主事主动，积极作为，一个局长一个风格，被领导层消极被动，局长说啥干啥，一个样照旧一个样的局面……

2023年4月9日写于南京

好朋友

交朋友是一件十分幸运的事，也是让人开心的事。小孩交上朋友称作小朋友，是终生记忆深刻、忘怀不了的友情；青年交上朋友，特别男女朋友更是激情激动激奋岁月的友情；交上老年朋友，那是成熟稳重持续不断的友情。随着年龄增长，小朋友变成大朋友，大朋友变成老年朋友，老年朋友则是人数越来越少，也有老年男女在变动中改组朋友，改组家庭成员。在老年阶段改变朋友改组家庭的情况在以往年代较少见，但随着寿命健康状况的改变，这种改变改组状况时有发生。

什么是朋友？朋友就是彼此相交的人，彼此要好的人。但“人之相识，贵在相知；人之相知，贵在知心”。在交友方面，古人讲究莫逆于心，遂相与友。君子之交淡如水，若有豪礼也不拒；天若有情天亦老，人若有朋难不倒，千山万水隔不断，时光流转冲不淡。

小时候上幼儿园、上小学前的小朋友叫玩伴，兴趣在玩，在玩的项目上，如在玻璃球、跳绳、滚铁环等玩在一起，结交成了朋友。我对其中玩得好的高手特别崇拜，跟着他学习他，随时追着主动跟他结交朋友。上小学了，有学校管了，老师教了，一班级的几十个同学整天聚在一起，成了学友。其中有一个同学是同村邻居的小孩，我们同时同班上学，而且是同桌，友好相处，相互帮助，共同进步，学习成绩均很优秀，受老师表扬，受同学称赞。受拥戴的我们也主动帮助其他同学一道学习进步，关系十分融洽。

高小毕业后，我离开了本村到外地上初中，与一个丘陵山区的同学成了好朋友。放暑假时，我们相约到对方的家中玩耍作客，感到十分新奇。他到我的平原水乡家参观，看到的是一片平整长满绿油油水稻的平原和一个个河塘相连的水面，空气湿润，心旷神怡，赞叹不已。我到他山乡丘陵地区参观，看到是起伏跌宕的山林和沟渠，生长着枣梨柿等各种果树，开着各色的花朵，飘着香味，有的已结果成熟，十分诱人，令人垂涎。我们各自夸奖对方家乡景色宜人、家乡美好。我们由此经常往来，成了好朋友。

上高中时，我班上有一个当班长的学友，他语数理化成绩门门都很优秀，成了我心中的偶像，我便主动地靠近他，结交成了更亲近的密友，他也帮助我，使我学习成绩随之成了上游，受益匪浅。工作后，人与人都成了同事，同事间也有朋友，有思想上的相互学习、工作上的互帮互助、生活上相互接济的朋友，相互间你中有我、我中有你，谁也离不开谁，亲密无间。

年老了，退休了，老人与老人也成了老友，聚在一起不是像小孩一样去玩耍，而且是聚在一起谈往事叙友情，唠叨个没完没了。人的一生中，不能没有血亲父母及亲戚，也不能没有朋友，而且朋友关系是前者不能取代的。我们要认真对待朋友，交好朋友，处好朋友关系。当然在党的同志，同志关系是至上的。我有一个很要好的男同学，他成熟上进，在高一就是个共产党员，他是班上团支部书记，也是高中年级的党支部书记。他根据同学意愿推荐我当候选人选举为我为班长。书记班长密切配合，互相帮衬，把我班建设成了年级先进班，我俩之间的友谊更深厚了，他是我忘不了的挚友。他后来入伍提干，在完成一次军事任务中不幸牺牲了，得知消息后我们这些老同学悲痛欲绝，聚集一起悼念他。我经常在梦中梦见他，看到他在学校跑百米冲刺的情景，他在部队穿了军装列队操练的姿态，他活着，活在我的梦里，活在我的心中。

到大学时，同学来自省内外各地，接触的同学面更多更广了。我与江西的一位同学成了好朋友。说来也巧，在大学一年级下半年到二三年级时，江西这位同学个子一下子蹿高了，高个子上课时只能自觉地坐在课堂的最后排。这样，我们这些高个头就经常在后排就座，我与他坐在同一个课桌上，形影不离不弃。两人爱好性格相同相近，谈得来，说不完，关系很铁，这种朋友关系从学生一直延续到走上工作岗位，友谊绵长。毕业后我到南京工作，他在南昌工作，都是干的党的宣传工作。一个江苏南京人，一个江西南昌人，两江两南分不开，长江之水连昌宁。我俩经常先是书信后是微信联系，或是通过相互走访学习，当面直接畅谈，宛如邻居熟人。

现在人老了退休后，没工作任务闲了有时间了，退休金花不了，有余钱了，有空有钱可以到处走动会友访友了。可以通过会议会友，合照会友，聚餐会友，也可以一个一个上门探望访友了。大学毕业就分配留在南京工作的，后来调到南京工作的，以及退休后随着子女生活而来到南京的同学，共有近20位，这些同学经常借聚餐聚会在一起，有外地同学来宁了，也借机招呼在宁的同学来聚会，合照留念是少不了的。在宁的同学有机会去外地旅游，一定要走访所在地的老同学，带去问候，带回此同学的工作生活及家人的详细情况，这一来一往又加深了老同学间的友情友谊。大学毕业26年后，于1997年8月份，我校政教系65届毕业生有一张合照，有33位同学（还不全，有早亡的，有路远未赶到的）、11位老师。这照片，难得让大家会见、欢聚在一起，众人目标一致，眼看一个方向，脸上展现团结、和谐、喜悦的神态，让人见之久久不忘。这照片留世有26年了，变化很大，照片中有好多同学已经先后离世了，大多数同学还健在，但都是80多岁了。往后人会逐渐减少，但合照中同学仍然还在，一个不会少，一直是那么多合照的同学，个个仍然那么精神，精神焕发，神采奕奕。

从交友，处友，会友，访友，念友，梦友，一直往后，我们生活在朋友中，生活在朋友圈里，生活在朋友友情友谊中。朋友、学友、老友您好，让我们由衷欢呼：友情永驻，友谊万岁！

2023年10月27日写于南京

农村孩子盼过年

我是苏南农村的孩子，父母亲生我们兄弟姐妹共8个孩子，只有近二亩水田加半亩旱地，除种好自家的田地，父母还得租种富人田地，当雇农交租交钱粮，加外出打工，当泥瓦匠，挣些工钱，好养活一家人。

就这样，我们家人连饭也吃不饱，经常吃稀粥，难得吃上一餐干饭。为了生计，我们这些小孩都得够了年龄就上学读书，这是我们家乡的风俗习惯，是指望今后有个出头之日。但是放学后，放寒暑假后，得帮忙外出打猪草挖野菜，一天三四次带装满大竹篮的草回家，喂猪喂羊。到了年底可以将猪羊出售，得些钱可交书本费、学费，或有余买布给我们做新衣服。

快过年了，我们这些农村的小孩特别期待。过新年，充满喜庆、快乐、在望、沐福的气氛，对小孩子来说，过新年特别高兴，有玩有耍，有吃有喝，跳跳蹦蹦，还有大人给压岁钱，送财送福，像进入天堂过神仙一样的日子。大人也一样，忙了一年了，该歇歇了，该解解馋，该吃吃该喝喝了。

我是长子老大，在满10岁那年过新年，爸妈狠了心在除夕晚，杀了家养的本来要售卖的一头猪和一只羊，使全家人吃上了红烧肉和羊肉汤。我们这些兄弟姐妹见了肉就大快朵颐、狼吞虎咽抢着吃，真过瘾真解馋。平时喝稀粥吃野菜，哪有油滋滋的红烧肉和鲜美羊肉吃。父母亲看了既高兴又不忍心，不忍心一笔可卖钱的无处着落了，但心想“孩子们平时为寻猪草羊草出了力，有他们的苦劳功劳，一报还一报，该让他们吃它们了”，心里平顺安稳了许多。

过新年了，妈妈给我穿上了新做的棉鞋，很温暖但不合脚，因太大后跟封了收紧的线，勉强跟脚不落鞋。妈说："你是小伙子了，脚长得老快，前面一双旧鞋被你长大了的脚趾顶破了，所以给你做的鞋要放大些，明年再把鞋后跟的封线拆掉，鞋就不大刚刚合脚。如果鞋不破，或破了补好了，还可以留给下一个弟妹穿。"当妈的真不容易，妈要通盘考虑到每一个大小弟妹。真是要把"新三年，旧三年，缝缝补补再三年"改成"新三人，旧三人，缝缝补补再三人"啊，妈精打细算真会过日子。

做鞋穿鞋是这样，做衣穿衣也是这样，长身体的小孩先穿长些宽些的衣服，以后不会嫌小，可以多穿两年，再以后可以给弟妹再继续穿，只有等你小孩长成大人了，个头不再长了，那妈才会给你做大小合身合脚的衣服和鞋子。过新年穿新衣新鞋，只有老大长子才多有机会，下面的弟妹难有机会，除非也遇到过十周岁，否则弄个半新半旧的就很高兴了。

相比当今的独生子女，因为只有一个小孩，每年都置新衣新鞋，一人有好几套，穿不完穿不旧，更不会破，多浪费。过去我们那一辈，兄弟姐妹多，一套衣服鞋子从大穿到小，穿好几年，穿好几个孩子，从新到旧到破，物尽其用，不浪费，难怪儿多不破费不浪费，很节省。当今与以往，一孩与多孩，父母子女从观念、心理到习惯习俗都不相同，因而产生的社会生态、社会状况、历史延续也不相同。

过新年，爸爸妈妈会给每个孩子压岁钱，家穷小孩多，给的压岁钱很少，与富贵人家小孩得的压岁钱不可比，但对父母来说是一笔不小的开支，虽然钱很少，我们得到装有钱的红纸包就高兴得不得了，把它压在枕头底下，久久舍不得拆开，怕失了财运。

过新年还有一件令人羡慕令人高兴的事，那就是走访亲戚上门拜年，说祝福的话讨压岁钱，那得的钱比在家得的钱多得多，真兴奋。

小时候在初上小学放寒假过新年时，我总是跟着比我大两岁的小叔叔去十多里的他的大姐姐大姐夫、我的大姑妈大姑父家去拜年。刚上了路，我兴冲冲地跟着小叔走，带着小跑步，但不久便出汗，解开棉袄敞开胸怀走，但小叔不允准，让我扣上扣，以防伤风感冒。走到高墩土堤处时，我俩便坐下避风晒太阳，暖和和的，真舒服。

一路走，一路跑，一路玩，终于到了亲戚家，规规矩矩、客客气气拱手向亲人拜年，说祝福的话。亲人给我们端上枣子糖茶，刚好口干舌燥，喝了真解渴真舒服。中午，我们吃上了大餐，满桌子置放了十几道菜，大鱼大肉不在话下，还有不断上的说不出菜名的菜，你不要动筷子，菜就送到碗里。我们还用小杯子喝一点酒，尝尝，太辣。姑妈姑父太客气了，姑妈真会做菜，太好吃了。下午我们要赶路返回去，临行前又让我们吃了点心，每人给一个大红包，我从心里感到姑妈姑父真好，他们慈祥，可亲，可爱，可念，让人忘怀不了。

过新年，一群小孩敞开嗓子一遍又一遍地唱儿歌："过新年真真好，有吃有喝拿红包；过新年真真好，可玩可耍寻热闹；过新年真真好，天寒地冻下雪了；过新年真真好，防冻穿上新棉袄；过新年真真好，添上一岁长大了。"

新年一年年过去，岁数一年年增加，当年的小孩长成大了，成了大人，成了老人了。那真是："转眼春节又来到，不觉人又长一岁。子女成人进一步，父母双亲渐老去。年年岁岁花相似，岁岁年年人不同。"

小孩盼过新年，大人不再盼过年，老人更不愿过年添岁数。大人老人已经失去童心、儿时的乐趣、儿时的期盼，有的只有回忆，对儿时的回忆，这种重温儿时过新年的期盼已是带了老者的目光、心境和思考，是有色的、过滤的、过时的。但童年童心童趣有亲身感受，但已说不清道不明，不会记不会写，只有成人大人老者能说会道，故你看到的童年，只能是大人老者笔下的童年。

珍珠河的河道清洁工

南京市珍珠河两岸道路整修完好、平坦，清扫整洁，连接两岸的一座座桥梁各具特色、引人入胜，而珍珠河河道清泉流淌不息，碧水清清，润爽宜人。

我家在河道附近，每天都要到河边流踏散步，边赏景边呼吸新鲜空气，十分爽快。在散步赏景时，那背负“兴河市政”标识工作服的河道清洁工特别引人注目。

这位河道清洁工干得久了，已六十七岁，体态壮实康健，工作勤劳朴实，埋头苦干。他全神贯注，两眼专盯着河道里飘浮的枯枝败叶，不停歇地用网兜把它们捞进他独乘专用的小船里，靠近岸边打开铁栅门，用铁叉子把一船的枯枝败叶抛到岸上，还边用铲子将船底的积水抛到河里，紧接着他再将装满整桶的垃圾运走，一天清理二三次，没有一日停止，天天如此，不厌其烦。他突出工作重点项目，专心打理维护河中一个个生态浮岛，在各个换季季节，替换岛上的各种植被，清理被淘汰的植株垃圾。靠这样的河道清洁工的辛苦辛勤劳作，我们市民才能享受到水清岸绿河景宜人的美景。

这一位河道清洁工他负责从和平公园至南珍珠桥这一段河道，其他河道段落另有人负责，整条河有区委、区政府领导班子成员兼任的河长负责。河长听取市民意见，对河道清洁工进行检查督促并随时对其工作出改正完善。

相比之下，我深感河道清洁工真担职负责，不辞辛劳，我们这些闲游的赏景的人一身轻松，满腹逍遥。闲者绝不可给劳者添乱加负，不作乱丢乱扔垃圾，损坏树木花草的事，要帮助爱景护河，做锦上添花的美事。

珍珠河综合整治上了轨道后，河道维护要靠河道清洁工持之以恒的日常打理、不懈治理来维持。他的各项工作、各个职责能否落实落地落细见效，关系到能否扮靓珍珠河的美好景观，关系到珍珠河能否成为吸引市民和游客的打卡地，成为国内外闻名的旅游热线热点。事实证明，在河长统领和河道清洁工的扎实努力下，珍珠河综合整治和日常维护，产生了明显成效。珍珠河的春天来到了。

春天，南京迎来“樱花季”，赏樱人络绎不绝，忙着和春天来场约会。除了鸡鸣寺，南京的珍珠河是今年最热门的樱花打卡点了。站在桥头，河两岸的樱花尽收眼底，宛如踏入花海。3月16日上午，樱花随风而落，一场樱花雨让大家停下脚步，纷纷拍照记录。路面、河面都漂浮花瓣，美不胜收。有人说：“真好看，之前都不知道珍珠河的樱花，现在又多了一处可以赏花的地方了。”

珍珠河，位于南京城区中北部，北起玄武湖武庙闸，南至浮桥，一路向南，流经北京东路、珍珠桥、文昌桥、学府桥、文德里桥等处，最终流入内秦淮河。2018年，珍珠河沿岸栽植了近200株染井吉野樱花，将原有的鸡鸣寺樱花带向南扩容1.4公里。

其实，老南京人都知道，现在疯狂圈粉的珍珠河，之前默默无闻，因河水发臭，有时下大雨时还有黑水漫出来，甚至连路过的人都会绕道走。如今，珍珠河河水清澈见底，岸边的水草绿油油，两边的步道也都干净整洁，成了附近居民休闲的好去处。

1949年后，南京多次疏浚珍珠河，对河道进行了环境整治，拆除了河道附近的棚户等。

2018年8月，从珠江路到鸡鸣寺，南京市正式启动珍珠河岸线环境综合整治，自北向南经过北京东路、四牌楼、文德里桥。整治内容包括拆除临河围墙，“开放”河道周边环境，装配河道栏杆，铺设人行步道，围绕河道两岸产业环境打造多个河道景观，建设广场游园和亲水平台等。据了解，整治工程主要是提高景观水位，新建生态浮岛，安装曝气设备等。目前，河道兼具滞洪、水生态、景观等综合功能。整治工程包括河道清淤疏浚，以及岸线环境打造两部分，在2020年下半年全部完成。“沿线共有雨水排口75个，周边排水户全部办理了排水许可，现在河道水质可达到地表III类水。今年，大家终于发现了原来珍珠河有这么美。”

珍珠河已有1700多年历史，起于三国时代。据《南京地名大全》记载，珍珠河位于太平北路西侧，北起武庙闸，南至浮桥，系沟通玄武湖与内秦淮河的河道。唐《建康实录》称，东吴宝鼎二年（267），后主孙皓建昭明宫，意将潮沟沿今太平北路向南延伸，以便“引后湖水激流入宫内，巡绕堂殿”，即开此河。至南朝陈代，一次陈后主在此河中泛舟游乐，忽遇下雨，见河面上布满了晶莹可爱的水珠。宫人指着水面说：“满河珍珠”。从此，这段潮沟就改称珍珠河，并一直流传至今。

1949年后，曾多次疏浚珍珠河，1980年，对珍珠河进行了彻底改造，加深河底，把河坡分上下两级，中间种植桃柳，后又在河东岸狭长地带，建成珍珠河公园。不少居民来这里练拳、下棋、纳凉，还有一些业余京剧爱好者常在这里练嗓门，吊嗓子，好一副京腔国剧景象。

珍珠河成了市民所爱，得到了外来游客青睐，国内好评广泛，国外影响远播。珍珠河宛如爱美女士颈上的珍珠项链，美女加珍珠，美在其美，美上加美，美美与共。那真是：“水清岸绿花开美，同伴相聚人成堆。竞牌输赢谁知晓，成败得失神仙醉。”

中学“老同学”来访

大学毕业后被分配到某省城党委宣传部门工作。第二年春节刚上班不久，听到办公室主任跟我当面说：“下面有你一个中学老同学找你，你去会会他吧。”我说：“好的，谢谢！”我出门一眼就看见了来人，他热情迎上来握手并称呼：“老同学好久不见，还当上了党委宣传部门领导！”我拉着他往外走，并对办公室主任说：“快中午了，我带老同学出去吃顿饭。”办公室主任答道：“好，应该的，去吧。”我们找了个不错的路边店坐下先点了菜等待，然后谈话叙旧。我见他一个活生生中学老同学，硬是想不起他是谁，心存怀疑。心想：“高中毕业后读大学后又工作，时隔多年，少年小伙子长大成人面相会变的，再加上长期未见面，面生是很正常的。”我这个老同学说：“我们老同学中你算是有出息的一个，不愧是我们班的优等生、三好生，又是当班长的，我望尘莫及，成绩不好，高考落榜，只能在家当农民种田了。”我一听，他是知道我当班长等真实情况，进一步听听谈谈再看究竟。上菜了，应他的爱好又上了一瓶酒，再添了一两个菜，喝着吃着谈着，气氛十分融洽。

我这个老同学对我说：“这次我来此有一事请你帮忙，我父亲患癌症在此住院治疗，你能否借点钱帮帮我，五万三万也行，看在老同学面子上。”我说：“你父亲患癌症住那个医院，我俩一起去看看你父亲，钱我一时凑不齐，我尽量来想办法，好吗？”他说：“今天也晚了，等你凑到钱我俩再去看我住院父亲，别着急，过几天我再来找你。”我说：“这样也好，那我先来凑钱吧，你等着。噢，忘了告诉你原班上的团支书就住在一转弯的第一家，你也可找找他，那我就不陪你了啦。”他答应着：“知道了，再见！”

第二天我问老支书有人找你没有，他说：“有个自称老同学的来找过，而且是你告诉他我家住在转弯第一家，说要借钱帮住院父亲看病，还告诉我他父亲住在市肿瘤医院的具体病区床位。但我想不起来有这个老同学啊，你认识他，是我们中学的老同学？”我说：“我也想不起来，但他说我是原中学班里的班长等情况不是假话，他也向我借钱给住院父亲看病。”我这个中学团支书说：“不如我俩去医院看看就知道了。”我说：“我俩这就去。”

到了市肿瘤医院问该病区的一位上了年纪的胖墩墩的女性李护士：“某病区某床那个老同学父亲住院床位的人呢？”那个女护士又问了一遍，接着说：“没有你们说的那个病人，根本没有！”我们俩听了明白了，上当受骗了，好在钱没有被骗走。

过了两天，我那个中学“老同学”来了，对刚好都在一起的我和老支书说：“不好意思，我向你俩借点钱，帮父亲开刀摘除肿瘤，谢谢大恩大德，今后钱一定还上。”我俩便说：“钱我们带在身上，我们三个人一起去医院看你父亲。”于是，我那个老同学带着我们来到市肿瘤医院病人休息散步的院子里，见到一个穿着病人服装的人，接着说：“他就是我父亲。”刚巧，此时突然刮起了大风，我俩说：“赶快带你父亲回病房！”那个“同学”只好将此男子带回，正在医院走廊走着，遇见那个被问询的女护士。我说：“护士您好，此病人刚好不适，帮忙带回病床请医生查看一下病情。”李护士一看此病人，眼睛一亮并气呼呼地说：“难怪少了件病人服，被此人偷了！”医院里的人一下子全来看偷病人服的人，我那“老同学”和他的“父亲”抱头鼠窜，逃离了现场。一下子真相大白，说谎者露了原型。我俩长长地呼了一口气。

后来听李护士说：“你那个老同学，浑名叫一撮毛，他头上有一撮白发，他跟他的‘父亲’是合伙骗子。他最大的本事是听人说话，记住人家的真情实况，然后依此与相关人接近，套近乎，获得信任，装扮成中小学老同学的身份，骗钱取财。他已骗了好多人。”这位李护士直接接触过一撮毛，而且她的丈夫是市公安局的警察，掌握着这些骗子的情况。她提醒我们要警惕，不要被这样骗子骗了。

有一天遇到我一同事，他跟我说：“他跟中学老同学在茶馆里谈心叙旧，谈到了老同学的一些情况和爱好，被邻桌听‘个别’的人听到了，这个‘个别人’套用此信息去骗人，竟然得手‘借得相当数量的钱’，你说怪不怪，这个骗子精不精。”我听了感同身受地说：“见怪不怪，骗子有这本事，确有其事，确实不假。”紧接着我惊讶地说：“你不是说到了我，把我套进去说事了，也说了我的情况？”他支支吾吾地说不下去，最后他坦白地承认，随便聊聊，是说到了你情况，但不是机密，一般大家都知晓的基本情况，比如你当班长、三好生等。“噢，原来都是出自此处，出自你的随便聊聊，却把我出卖给了骗子，上当不浅啊。”听我这一说，我那同事马上表示歉疚，并说今后不能不管场合随便聊聊了，牢记教训。真是：“言者无心，隔墙有耳，已所不欲，他人在意。”

世上真有这样一些人，自己不干正事，专门聊天说地，指东说西，张三李四。也有一些人闭口封嘴，不言不语，专打听他人的事，然后借他人之信息帮自己干事。第一种人知无不言，言无不尽，言而不信，言而无行；第二种人听言者之言，不尽之言，不言而信，记言而行。第二种人不言不语，记言而信，记言而行，借他人脑袋，受人启发，“默默耕耘”“发扬光大”“收获颗果”“成效显著”。这种人值得警惕，而又值得借鉴！

少年夫妻老来伴

少年夫妻老来伴的意思：年轻时结下的夫妻，到老年时就更需彼此体贴和照料。这句话强调了夫妻双方在年轻时的相互扶持和经营，以及到了老年时，这种伴侣关系的重要性。它不仅仅是指夫妻之间的爱情，也包含了随着时间增长，夫妻之间形成的深厚亲情。在老年时，这种伴侣关系变得更加珍贵，因为双方已经经历了很多人生风雨，成为真正的人生伴侣。

首先，夫妻关系在生理和心理上都存在互补性。从生理上看，男女之间在体型、生理功能、荷尔蒙水平等方面存在差异，各自具有优势和弱点。比如，男性在肌肉群和爆发力方面较为强大，女性则在柔韧度和灵活性方面更具优势。而从心理上看，夫妻互相补充，互相滋养。比如，男性可能比较理性，有时候缺乏情感表达；而女性则更为感性，善于发现生活中的美好和温馨。夫妻在情感上的互补和补充，可以使彼此在人生的各个阶段都得到更加全面地照顾和支持，从而身心共同迈向更高层次的幸福。

其次，少年夫妻老来伴的关系形式，也发挥了家庭中每个成员的最大作用。在这种关系形式下，夫妻间实现了最为高效的协作关系。男性可能更为擅长事业和财富的积累和管理，而女性则在家庭中更为擅长育儿和家务。夫妻配合默契，各司其职，家庭运转有序，每个成员在自己的领域中都充分发挥其所长，从而实现家庭的和谐与美满。

我是八十多岁的过来人了，对“少年夫妻老来伴”这句话有感悟体会。前半句讲的是年少的男女夫妻，充满着亲情、爱情、激情，洋溢着性感、情感、美感，他们精力旺盛，责任心强，夫妻恩爱，养儿育女，经营家庭，互相理解，扬长补短，实现家庭和谐美满，用充满着爱情、责任和付出的实际行动，书写了流光溢彩的前半生。后半生到了老年时光，男女双方历经了人生的酸甜苦辣，共度了世间的风风雨雨，积淀了深厚的爱情亲情，形成了拆不开的相互依靠依赖的人生伴侣。

“少年夫妻老来伴”的人生过程中，免不了要经历卿卿我我、磕磕绊绊、缠绵悱恻的一页页，形成了两股左右弦，谱就了音符旋律，年少激越时，振幅宽振度大，声音高亢嘹亮，到晚年苍老时，低沉稳重，美妙的人生音符乐章，振天动地，撼人心肺。

少年夫妻老来伴，不羡鸳鸯不羡仙。

半世夫妻风和月，红粉佳人暮暮朝。

少年夫妻是初恋，暮年夫妻情更甜。

相濡以沫心相印，琴瑟和谐谱新篇。

人的一生中有许多美好的时光是与伴侣共同度过的，少年夫妻在彼此的青春年华里一起成长，一起追求美好。他们是彼此生活中的第一个伙伴，是生活中的搭档和伙伴，一同编织生活的琐碎，也一同品尝人生的苦与乐。在他们的相互扶持中，他们为对方提供力量和鼓励，使对方能够在生活中坚定信念、勇敢前行。这种相互的信任和支持是少年夫妻之间深厚的情感基础。

随着时间的推移，少年夫妻一起经历了人生的各个阶段：从青涩的学生时代到步入社会，从初为人父母到儿女成家立业。他们一同面对生活中的挑战和困难，一同分享生命中的喜悦和成功。他们之间的默契和心灵的契合使得他们能够相互理解和支持，也让他们更加深入地了解和关爱彼此。共同经历的人生阶段让他们成为生命中不可分割的一部分。

老年夫妻更是彼此相依为命。在岁月的长河中，他们互相扶持，共同度过人生的风风雨雨。当一方遇到困难时，另一方会毫不犹豫地伸出援手；当一方生病时，另一方会无微不至地照顾。这种扶持和关爱是少年夫妻在共同生活中积累的深厚情感的表现，也是他们互相信任和理解的结果。老年夫妻在扶持中感受到了对方的温暖和关爱，也让他们的情感更加坚定和深厚。

人生总遇到困难和困境，老年夫妻更是如此。面对生活中的困境和挑战，他们会互相鼓励团结一致地应对。他们相信只要两人齐心协力，没有过不去的坎。这种团结的力量让他们在困境中更加坚强和勇敢，也让他们更加珍惜彼此的存在。老年夫妻在困境中的团结和勇气是他们深厚情感的体现，也是他们共同经历人生风雨的见证。

少年夫妻老来伴，他们一起走过了人生的春夏秋冬，一起品味了生活的酸甜苦辣。他们之间的情感已经超越了简单的爱情，成为了彼此生命中不可或缺的一部分。在岁月的长河中，他们相互扶持、共同成长，成为了彼此最坚实的依靠。让我们珍惜身边的伴侣，一起走过人生的每一个阶段，让爱情在岁月的洗礼中变得更加坚定和美好。

玩，儿时的好朋友

我是苏南农村的小孩，生活在一个很大的村子里，分村东、村西，我在村东，与村西的两家两个男孩小朋友天天玩在一起，十分开心。我是家中头生子，下面接连好几个妹妹，与她们玩不到一起，不管妈妈怎么喊着“不准跑远，就与妹妹一起玩”，但还是跑到村西头找那两个熟悉的男孩子玩，有时我去不了，这两个男孩就会追到我家找我玩，我更开心了。找来玩的两个男孩，一个白胖些，人叫他大胖子，一个黑瘦些，人叫他小黑子。妹妹们看了黑胖两个男孩，都很惊讶、羡慕、高兴。

刚好，妈要去水塘边淘米洗菜，我们这些小孩一起跟了去。在妈妈蹬在水码头石板上将淘篮菜篮浸在水中清洗时，大家看到水中游来一条条柳叶鱼来啄食漏下的米粒和菜叶，十分关注，眼睁了多大，目不转睛。不知谁向水中抛了石块，把一群柳叶鱼吓跑了个精光。一个也正在码头洗菜的被沾了一身水的胖老妈骂开了：“这是谁家的炮子子在捣乱，没管教，没出息！”一群小孩被骂跑了，像一群水中被扔石块惊跑的鱼一样。

我跟大胖子、小黑子一起，跑到村西头去玩了。他俩家门前有口井，井口有一石栏，差不多与我们小孩身体一般高，我们要踮起脚来才能看到井水。我们三个小孩围着井栏，脸朝南阳，伸长颈项，踮起脚，一起看井水。三个小孩围着井栏在一起唱儿歌：“太阳圆圆射金光，月儿圆圆撒银光。井水如镜印三人，孩脸圆圆满红光。”井水无风平静，像一面镜子，照出了三个人的脸。三个人大笑，大哭，一起做鬼脸，井水中一一呈现，有井水作镜子陪着我们三个小孩一起，开心地玩，太爽快了。

大人要用专用的绳子系木桶吊打井水。从井里提上的水，夏天是冰凉的，而冬天是温暖的，与河水是不一样的，这让在河边的人，特别是小孩感到很神奇。所以在夏天，我会常到小胖小黑两家去玩，一起用井水冰西瓜吃，凉爽极了，冬季吊井水温暖手，洗净脏手，心里也暖和了。

有一次冬天我带了一个大玻璃瓶养的锦鲤去村西头朋友家玩，刚好大胖子小黑子从井里提水上来，还冒着热气，他们俩就将井水渗进我养鱼的大玻璃瓶中，锦鲤活跃地游动起来，大家看了很高兴。后来大胖小黑干脆将玻璃瓶里的水全部倒光，又从井里提了一桶热井水全部倒进来，水温暖了，鱼也在游动，不久又不断加井水，以保持热温，但时间一长鱼却不活跃了，最后直挺挺地不游动，死去了。后来听一位老师说："渗的水有氧气，纯井水缺氧气，所以鲤鱼闷死了。井水可以养鱼，但井水要让它摆放，晒太阳，充氧气才行。"我们听了，知理长见识。

不玩井水，我们又到塘边玩河水。大人不让我们小孩玩河水，我们就到水浅地方的一个用几块小石块搭的水码头玩水。我们用将刚要上山结茧的茧蛹甩死，取出里面的茧腺体把它拉成像尼龙线，系上用针弯成的钩绑在竿杆上，钩上苍蝇，抛到水塘里钓鱼。柳叶鱼见到飘浮的苍蝇一口吞下，即抛，一条条鱼就钓上来了，很快放进带来的桶养着。开始柳叶鱼在桶中游得很欢，到处窜游，但是时间不久长，慢慢地就待着了，很快就死了。我们几个知道离开河水的柳叶鱼养不长久，养不活的，由高兴到扫兴，十分惋惜。小黑子看着死鱼发呆，最后依依不舍地丢给一只大花猫吃了。

后来，我们三个小孩在码头石块处摸到几粒螺蛳，把它砸碎取出肉，用线扣着扎在树枝上，放置石码头石块缝里，等待着，不久螺蛳肉被青虾挟着，一只只被吊了上来，大家高兴不已。

被吊上的虾子用脸盆养着，活跃得很，它一曲腰尾就能蹦出水外，跳到地上，接着又把它放到水里，来来往往多次，但我们觉得很好玩。我们几个仔细观察养在水中的虾子，它头上长着一把刀，伴随生着许多长长弯弯的须子，很威武有风采。虾子胸部长了几对多节的夹子，其中有一对很大很有咬合力的夹子，用来捕捉食物送到嘴里吃的。大胖子不当心被虾子大夹子挟着，甩都甩不开，甩开了，指头出血了。

养虾子比鱼好养，鱼养不长，容易死亡，虾子能养长时间，有点像螃蟹，它离开水能活三至五天，冷天时间更长些，但它活不了螃蟹那么长时间。我们将钓到的虾子放进水，又拿到手上，玩了两三个星期，最后没有吃的，饿死了。

后来，我们的玩伴多了起来，村中有两个小孩也加入进来。人多了热闹起来，经常玩起躲猫猫的游戏，我装躲藏者，其他人寻找。有一次我躲到村中的竹林中，其他四人寻找了好半天才发现了我攀坐在竹林中的一个树杈上，玩伴们气得扔石子砸我，但大家仍十分开心。

夏天到了，知了歇在树枝上叫唤个不停。有一种知了个头大，叫声也大得炸耳朵，另一种知了个头小，叫声悦耳好听。我们用竹竿顶上插上用竿稍圈卷上蜘蛛网，用它来粘树上的知了，一粘一个，分给每个人，连我们村上的女孩也有了。但有的女孩拿的知了不会叫，是那种哑吧知了。我们只得再粘会叫的知了补给拿哑巴知了的女孩，虽然烦一点，但我们男孩有了一种能干了不起的男子汉的自豪感。

儿时，也就是六岁左右到上小学前，我们只知道玩，尽情地玩，在玩时结交朋友，玩成好朋友。现在长成大人老人了，但忘不了儿时闪光的日子、儿时的快乐，忘不了儿时的好友、儿时朋友间的友情。

那真是："儿时的回忆，如同一把洒满阳光的伞，让我们在岁月中漫步，感受那份纯净与温馨。"

2024年1月9日写于南京

难忘时隔半世纪　重返母校南师大的一次老同学聚会

我是南京师范学院首届政教系（61—65）学生，四年的学习生活使同学们结下了深厚的学友情。2015年5月16—17日，65届的政教系老同学心心念念、兴高采烈重返母校聚会了。阔别半个世纪的母校聚会，同学们有说不完的话，诉不尽的情，那情景真是撼动每个学友的心肺。我把它写成了“阔别半个世纪的母校聚会”专文，很畅舒。

南京师范学院65届政教系与会老学友别离心声、相聚深情。

一、难以忘怀的母校

经高考录取，我们58位同学（分为1班、2班）入学母校，成了马列主义教育系（简称政教系）的第一届（61）新生，也是“文革”前最后一届（65）毕业学生。

1984年，学院改为大学，后来校区又拓展为随园、紫金、仙林三个校区，在校生由原有4000人扩展到逾3万人。1997年开始，原政教系撤系建院，由1个系扩建为法学、商学、公共管理、马克思主义4个学院，学生由原来几十人扩展到几百人。

对这所美丽、欣欣向荣的母校，尤其对时隔半世纪来聚会的我们来说，怎不思念、向往，聚会于母校成了心中的渴望。

二、阔别重逢的喜悦

为响应同学们的心声，在宁的同学芮东雄、曹文甸、薛龙根、郭永成、黄淑萍、龚海渠、陈良超、秦中达、朱侗荣、陈华光等，在开会商量。经过近一年的酝酿，自发组织行动起来，筹集经费，联络通知同学，邀请老师，落实住宿、会议和参观新校区车辆等会务事项。

老师、同学们纷纷回应，十分珍惜此次机会，一定前往母校，与同学老师聚首相会。

远在香港、外省的同学来了，本省各地的同学来了，有好多同学带着老伴一道来了。

阔别50年后的重逢，心花怒放，好不喜悦！纷纷前来报到，相见喜形于色；老同学带着老伴一道来了；同学的子女也来送行。

三、情真意切的言表

人世间，最可宝贵的是恩情、亲情、爱情和友情。

师生、同学间，也有一种永留心田、忘怀不了、充满青春回忆的感情。

50年了，老师、学生亲密无间照张相，留下展露甜蜜笑容的一瞬间。

开会了，师生相聚在一百号会议室，情谊融融！阔别50年，思念太久，要诉说得太多。忆往事，温旧情，谈今朝，作诗吟诵。

芮东雄主持会议，介绍这次聚会筹备、活动安排、会议开法。政教系老领导，老教师冯世昌、刘德华和公共管理学院院长赵晖等，先后讲话，重温师生情谊，介绍学校发展情况。

郭荣成、洪吉汉、黄淑萍、陆桂林等同学一个接一个深情发言，感谢母校老师教书育人的恩情。

同学们向学校基金会捐了款，向每位老师赠送了纪念品。

师生排列照相前的情景，成功的一瞬间留下了。

同学济济一堂。开会了！主席台上是冯世昌、刘德华、赵晖。芮东雄主持，冯世昌和各位老师相继讲话。

向学校基金会捐款，向老师赠送礼品。

同学发言，个个充满激情。

四、今非昔比的“对照”

人生100年不易，50年也不易；今非昔比，50年前后的“我们”，50年前后的“我”。

50年前毕业照中的我们，靓丽，帅气，阳光，梦想未来。

50年后聚会照中的我们，成熟，稳重，透明，回归现实。

今昔对照，有集体和个人（恕无个人毕业旧照的无法对照）。让我们师生群体去体会感受，让每个人去体会感受，都会有一番对整个人生的、各不相同的感悟和感慨！

但相同的是，缘分让我们聚在一起，相会母校，整整学习生活4个年头，织成深厚的师生情谊，阔别50年又积蓄了深深的思念。

让我们好好回味、百般珍惜吧！

五、欢聚别离的愿情

同学们十分珍惜这次聚会，在住所、参观点和餐桌旁，抓住时机询问交流，拍照合影，留下宝贵瞬间，留下50年母校同学聚会的纪念。真情流露出但愿欢聚可别分离的愿情。愈到最后时刻，气氛愈浓烈。看看同学们到仙林校区、聚餐和参观南京阅江楼景点时的感动情景吧！

南京同学尽心尽力为外地同学提供力所能及的服务，虽然不尽如人意，但还是做了一件好事：

圆了50年母校聚会的梦想；还了感恩老师的心愿；续了同学友谊的情缘！

六、尾声

人已到了七老八十，不可能再有一个50年的团聚了，但是5年可盼，10年有望。

让我们约定再过5年，到2020年全国全面实现小康时再聚会，到那时“一个不能少”“不见不散”！

老师同学们：一生平安，健康长寿，阖家幸福，万事胜意！

2015年5月是我们阔别半个世纪的聚会，到2025年5月又过去10年，那我们别离有60年，在这期间我们没有聚起来，大家差不多都过了80岁，精力体力都难以聚集聚会起来，发起者组织者也难以担职负责，怕有失当。原来在宁的老同学都是聚会的发起者组织者，但都超过80岁，其中曹文甸、龚海梁、朱侗荣三位相继离世，外地的戴淦也走了。我们聚不起来，但我们还在，同学情谊仍在，联系我们的网还在，同学微信群还在。我们还会思考会动笔书写，在群里发文常联系，隔山隔水挡不住我们。我们虽然年岁已高，但在世人数还是多数。让我们常联系，多发声，说明你还活着，活着就是胜利，常联系就是友谊。

跟着爸爸学渔鱼

小时候，家中小孩多，父母为了让小孩吃饱吃好想尽了办法。母亲挖野菜烧一大锅菜粥，让我们几个小孩吃得肚子鼓鼓的。过个把星期至半个月，母亲会难得给我们煮餐干饭吃，还能吃上蒸鸡蛋羹，真是美味佳肴。父亲则想办法钓鱼、网鱼、叉鱼、捕鱼，让我们吃上荤腥增加营养。在父母的关怀关照下，我们兄弟姐妹八个娃无病无灾，无一病亡夭折的，个个都生龙活虎，能吃能喝，从不挑剔，只求汤汤水水让肚儿填饱撑圆。

小时候的苏南农村，生态环境自然优越，空气清新，流水清爽，田地肥沃。农民祖传只施家积肥、草塘泥，从不用农药化肥杀虫剂。用时髦的话来说，什么都是有机的。那时候塘沟水田里什么都长，有鱼有虾，有青蛙泥鳅，有蚂蚱蚊虫。有时候我们会在快干的水稻田里还剩有水的田角里，抓到许多小鱼小虾，用网兜兜着，活蹦乱跳地带回家。

在兄弟姐妹中，我排行老大，妈带着弟妹在家做家务，爸却带着我在田头干农活。我长大上小学后，寒暑假期爸仍带着我在田头干农活，或者让我牵着牛在长满青草的田埂旱地上，放牛吃草。农忙双抢季节，我还将妈准备好的饭菜带到田边让爸爸吃，吃完了就接着干农活。妈妈这时候也会下田帮收割或插秧，我就在家带弟弟妹妹了，吃妈做好的饭菜。

有一次爸爸带了一捆用我家竹园的竹子做的钓鱼竿到田头干活，干活前他将一根根钓竿勾上土田鸡（土灰蛙），分开距离，插在临近的河沟两岸，让钩上的土田鸡平水放着，四条腿掌趴动着，十分引鱼吞食。爸插好钩杆后下田去干农活了，他让我在河边有荫凉的地方看着鱼竿的动静。

不一会儿，远处对岸一个钩杆跳动得很厉害，我跑过去提起钩杆，见是一条大黑鱼，它拼命逃离往水深处窜，爸赶忙赶到帮忙，将鱼拉上来，一条约有3斤重的大黑鱼，我们真开心。接着又一杆跳动，又一杆跳动，接着提了一杆又一杆，有黑鱼、鳊鱼、鲫鱼，装了半篓子鱼，计有十斤左右，满载而归，由衷喜悦。

初夏时节，家门口的水塘常有群鱼张嘴浮游水面，因变天气压低，水面纹丝不动，像盖了个大盖子，水中的腐殖质腐败又特别耗氧，鱼只得抬头浮游，张嘴拨开“盖子”增吸氧气。这时我爸爸拿来系了绳子的鱼叉，对准浮鱼用力投掷过去，一条翘嘴白条叉上来了，又一叉一条草鱼叉上来了，又一叉一条鳙鱼叉上来了。后来我从爸手上接过鱼叉，学着叉了好几下，由于力不足又不准，费了好大劲才叉到一条小鳊鱼，但我仍然很高兴，这是我第一次叉到鱼。后来又变天刮起了大风，水塘波浪很大，鱼全都下沉塘底了，风浪滔滔带来了它们所需的充足氧气。

到了年底，这个家门口的水塘干塘取鱼分鱼，全村村民都到场，男男女女，老老少少，热闹纷呈，各家都领到了按股分到的一堆大小不一的鱼。村主任宣布：鱼取了分了，剩下的泥巴里的鱼哪个摸到哪个得了。一下子真有不少男子汉带了大小孩在泥里摸鱼，有的还真摸到了黄鳝、泥鳅和乌鱼。

爸爸他带着我，先用网兜在仅剩的水塘底水中网鱼，偶得几条小鱼，后来爸和我都用两个网片套在两只手上（这样鱼不会滑掉），摸索到塘边高瓜根处摸鱼，突然有条棍子鱼窜动，我们四只手围摸过来，它逃脱不了，被一头一尾抓紧抓牢了，抛到岸上，一条四斤重的乌鱼呈现眼前，围观的人啧啧称奇，我和爸也高兴不已。

我问爸爸为何有的鱼，像大白条一离水就死了，而乌鱼、泥鳅、黄鳝干了塘，钻进泥巴后不但不死还活蹦乱跳呢。爸说：我听一位老军医说过，这些鱼都有鳃，用鳃呼吸，而乌鱼、泥鳅、黄鳝除了用鳃呼吸它们还用嘴巴、皮肤和肠子呼吸，特别是在无水钻进泥巴后的情况下。我听后十分惊讶，能在泥巴里活着的鱼有这么大的能耐，长了知识明了道理。

干塘后，全村劳力合力将塘泥一锹一锹一担一担送到田里，散落在翻耕好的田垅上，经过冰冻，来年春季破碎成了上好的有机肥，确保稻田稻棵茁壮成长，丰收在望。村口塘干塘、清塘、加深、扩容后，又从相邻的淘米洗菜塘引水进来，还同时放养许多鱼苗，等待成鱼后取鱼分鱼。

刚放水养鱼塘，无鱼可取，爸就带我到淘米洗菜塘去钓鱼。爸教我在家里做卡钩线和铁钩线，各长100米，在各条线上每隔2米左右系上一个卡钩，卡钩用一寸左右的竹签中间系上线并弯卡，用手捏住卡的两端尖并摁上一个泡胀了的麦粒；铁钩用缝衣针用火烤着弯成铁钩，钩上蚯蚓。这样两条百米长的钓鱼线钩做成了，爸让我把它框好带到洗菜塘边，沿塘两边各放一条，然后静静地候着，等待佳音。

头天傍晚放线钩，到了第二天早饭后，我父子俩来到塘收线钩。爸下河收提线钓，间或一声响，一条鲫鱼或是鳊鱼被提了上来，我接着鱼放在鱼篓里，爸提一条又一条，我接了一条又一条，等第二条我钩提完，鱼装完，鱼篓几乎装满了，我背不动了，爸爸最后还是把鱼篓背回家了，妈妈弟弟妹妹见了这么鱼，喜上眉梢，乐不可支。

小时候直到读到初小高小，我这个长子一直生活学习在本乡村，一直黏着爸爸，成了他的应声虫，爸爸做农活等啥事都带着我，成了得力的传声筒二帮手。到了上初中高中时，我离开了村子，去十多里的外乡村上学读书了，但一放假我们父子俩又在一起干农活忙收种了。现实生活告诉我们，学习读书让父子分开，假期劳动让父子黏在一起。

再后来，我大学毕业走上了工作岗位，领到了第一份薪水，高高兴兴地去百货公司买几包红塔山香烟回家孝敬父亲，替下了他一直抽的填烟丝的烟袋。饭后村民在村东头聚会时，爸爸当众人拿出了一包红塔山拆开，抽出一支支香烟递给会抽烟的人，不抽的也给，那神情很自豪很满足，特别当有人高声说：“你老陈有这样的儿子孝敬，有面子有福分，比抽红塔山香烟过瘾啊。”我爸爸听了，又拆了一包红塔山，不够，他又拆了一包……

2024年5月26日写于南京

《灿烂的夕阳红》读后感

李陈馨悦

近日听闻陈华光先生将数年来所写文章整合为《灿烂的夕阳红》一书，而且已在筹划出版，非常荣幸能为文集撰写感想。陈华光先生系本人的外祖父，博学多闻、阅历丰富；更值得称道的是，他善于且乐于将所见所闻、所思所感付诸文字，从而引起读者的联想与深思。作者将数年间的随笔整合成册，一方面无疑有着回顾往昔的意味，一方面又有展望未来之感。文集共计十万余字，所涵盖的体裁、题材极为多样，在时间与空间双重维度都延伸甚广。

整部文集的语言文字总体较为简明易懂，毫无矫揉造作、故弄玄虚之感；各篇文章展现出的风格时而天真纯朴，时而严肃深刻，时而风趣诙谐，叙述者的形象与视角也由此在不同篇目中流动多变。正如后记中所言："现在的'我'是儿童、少年、青年、成年的我加上老年的'我'的综合体。这个'我'是可以返老还童，还少，还青，还壮的，是个变动的自我综合体。"与之相应，文集的目标受众想必也并不存在年龄方面的限制，无论身处人生的哪个阶段，都能在阅读其中作品时有所感触：或是会心一笑，或是身临其境，或是获得启发，或是深受勉励。即便本人当前年岁尚轻、阅历尚浅，却也能够感同身受。

私以为《灿烂的夕阳红》一书，所收录文章或可以大致分为以下几类。

其一，文集中不少内容是对童年时期乡村趣闻的记述。

《娃钓乐》《渔鱼乐》《我的牛爸爸》《难忘儿时暖心的茅草屋》《不速之客》《玩，儿时的好朋友》等文，此类文章中，多有恍若返老还童般的、纯真稚气的语言：如《我的牛爸爸》一文中，作者因牛的两耳、两角均形如“八”字之故，将儿时自家的牛昵称为“牛八八”，又因为牛在家中的重要作用而演变为更加亲切的“牛爸爸”，显然是孩童独有的视角和表达；而在《玩，儿时的好朋友》中，与“大胖子”“小黑子”等童年伙伴一同玩井水、玩河水、钓螺蛳、粘知了的情谊亦让读者忍俊不禁。此类文章中，又有作者历经沧桑后回首幼年往事，以如今成熟而慈祥的老人视角，对同一事物、事件进行的怀念与评论；二者彼此穿插、相得益彰，充分体现了作者自幼以来对乡村生活的细致观察与深入思考，也显示了数十年以来阅历见识的显著增长。如《不速之客》一文花费大量笔墨描绘儿时家在苏南农村，目睹黄鼠狼偷鸡时的深恶痛绝之情，然而文末却笔锋一转，以成年人的视角客观、辩证地看待这一物种，肯定其在捕鼠护粮方面的功劳与其在生态系统、动物保护方面的独特意义，也能够以“黄郎神鼬”“黄大仙”等较为明快诙谐的方式对其加以称呼。此文中，幼时的作者与如今撰文的老者仿佛跨越时空、相会相谈，童年时期朴素纯粹的正义感、黑白分明的价值观，与今日更加客观理性的分析并置，二者相映成趣。

其二是作者长大成人后投身各种事业、工作的感想。

讲述作者于县中从事教师兼班主任工作的《师生情深难忘怀》，担任溧水县晶桥乡党委书记的《职责与担当》《今非昔比体悟深刻》

等文。考虑到文中作者已是青壮年，故而与第一部分的信笔闲谈不同，此部分文章总体而言风格较为正式，语言也显著较为成熟。一方面，能够写就这些言之有物的篇目，本身便意味着作者在过往数十年间，值得称道之事颇为丰富。另一方面，尽管作者自称“吾的一生平平，无所大为大作，也没有大错大误”，但从文中却可以充分见得数十年以来，无论身在何地、担任何职，陈华光先生均能够充分意识到自身责任所在，并始终抱有为他人、集体、社会做出贡献的志向。在《师生情深难忘怀》中，他以极其谦逊的态度写道：“我只比高一学生大四五岁，差不多都是个年轻人，要得到学生尊重比较难，得靠自己努力。”但即便作者当时还是刚刚毕业的年轻人，参与实践工作的经验也尚有待积累，文中依然清晰可见其全心全意关照学生需求，并尽力对其中家庭较为困难者给予帮助的工作态度，读来令人深深动容。至于《家庭联产承包、农民先行创造——四十年前亲身经历的一场农村改革》《艰难起步良好开端——台城段城墙维修工程回顾与思考》《实现零的突破　首拥世遗名片——南京市政协推动明孝陵成功申遗回顾》等文，则将个人的奋斗与社会的发展紧密结合，着重介绍了一系列规模更为宏大、影响更为深远的事业与工程，也体现出作者在所处事业领域不断磨砺实践，从而逐渐积累阅历与经验。这些作品对于较为年轻的读者而言，读来想必能够获得知识与见闻。除却专门讲述工作经历及成果的篇目，即便在《南京珍珠河河景引人入胜》《湿地，生命之源诗歌之泉》等更侧重生活化、艺术化风格的散文中，作者也时常在欣赏景色、描绘风光之余，自然而然地联想到建设“美丽中国”的发展目标与“绿水青山就是金山银山”的生态理念，可见其多年始终如一的思想觉悟。

其三是对于近事的记录，独特的生活体验与思想感悟。

文中大多谈及近几年发生之事、兼以回顾往昔，尽管难免有对沧海桑田、时过境迁的感慨，却仍然保持着乐观的心态，热爱生活、关爱身边的人们、珍视每一份情谊。此类篇目包括描写友谊与同窗情的《乐融融聚会聚餐的老友们》《难忘时隔半世纪　重返母校南师大的一次老同学聚会》，歌颂爱情的《少年夫妻老来伴》，及作为老者探讨人生意义所在的《漫谈长寿》等文。考虑到本人系作者的外孙女，上述部分文章所关注的人、事、物也常与本人所生活的时代密不可分，因此更易感到共情。其中，私以为最值得一提的是《加装电梯》这篇基于作者现实经历所创作的小说。彼时南京市诸多老小区均陆续进行安装电梯的工程，本人也曾见证作者所在小区增设电梯一事始末与途中波折；好在最终相关工作均得以圆满完成，小区居民总体较为满意，尤其是高层住户的日常生活显著变得更为便利。如今距离文中所述之事已经过去数年，市内许多老小区都经历了改造翻新，电梯等便民设施也不再鲜见。阅读该文时却仿佛往事重现，仍旧能够感受到现实原型与艺术创作之间相映成趣之感。与此同时，从这一类文章中，通过个人看似有所局限的视角，也可以小见大，反映出数十年以来整个社会与时代的发展革新。

其四，文集中亦有相当一部分篇目不再局限于个人在不同年龄阶段的亲身经历，而对古今远近诸事加以说明、阐发议论、畅所欲言。

此部分文章涉及的话题、领域颇为丰富，如与传统谚语及历史人物相关的《由“说曹操曹操到”想到的》，与基础生活常识相关的《漫谈如何辨方向识路径到达目的地》等，其间能够看出渊博的知识储备与深刻的思考内涵，也不乏作者对于理论与实践的结合。格外值得一提的是，此类篇目中甚至还有专门讨论新时代技术发展及其利弊的《邮筒安在？》《真实人与虚拟人：谁主沉浮？》《手机的扩张功能、带来的变革和使用者的自我迷失》等文，其中不乏“元宇宙”“大数据”等在本人看来都相当时髦新颖的表达，与“其实，在现实世界里还有一种真实人也能创造‘虚拟人’，这就是那些文学家、作家”“人离不开手机，而手机却让人离弃了人的文化传统”等颇为精辟深刻的论断，可见作者在不断观察生活、社会的同时，也能够做到终身学习、与时俱进，并以较为开放包容的态度看待智能手机、社交媒体等科技发展产物的诸多影响，而从不会故步自封、墨守成规。如此品质对于一位老者而言无疑极其可贵。尽管已是耄耋之年，陈华光先生通过文集中各具风采的诸多篇目，生动地记录下过往数十年来熠熠生辉的人生轨迹，映照出充沛的活力与不曾变改的志向，向每一位读者展现夕阳的无限绚烂。

以上为本人对此文集的阅读感想，自知言辞思想尚不够深刻，还望作者与诸位读者多加指教。总而言之，无论是作为晚辈还是读者的身份，都非常期待本书顺利出版，也希望今后继续读到陈华光先生的新作与新思。

2024 年于 5 月 10 日写于清华大学

后 记

首先，我要由衷感谢著名作家葛安荣写的《构筑心中的世界》这一开篇，由衷感谢闻名遐迩的学者刘根勤写的《莫道桑榆晚 为霞尚满天》又一美文。

由衷感谢南京出版社社长卢海鸣、首席编辑樊立文的热心关照、大力支持和本书责任编辑严行健严谨细致的操作。

还要感谢首肯至亲的读后感的热情点赞。

感谢所有助力支持的朋友们。

年老退休后，闲暇无事，想东想西，写了一篇篇文章，内容不一，各有特色。

有小时候念想的，如《农村童娃盼过年》《快乐学娃》《娃钓乐》《渔鱼乐》及《儿时暖心的茅草屋》等文，展示了儿时的单纯、纯真、忘我、快乐，不能自已。

有忘怀不了的父子情亲朋友情的，如《我忘怀不了的父亲》《我的牛爸爸》《师生情难忘怀》《好朋友》等文，显示了父与子、老师与学生、朋友与朋友之间的深厚感情，历久弥坚，难以忘怀。

有喜好可爱动物的，如《不速之客》（黄鼠狼）、《燕子与麻雀》、《地龙赞》（蚯蚓）等文，反映我接触、观察到全面认识黄鼠狼、燕子、麻雀和蚯蚓等动物，从而按国家规定自觉保护这些动物。

有讲生态环保的，如《湿地，生命之源诗歌之泉》《南京珍珠河河景引人入胜》《珍珠河河道清洁工》等文，显露了我认真查找学习湿地地表展示、作用，由心热爱保护湿地及身边的珍珠河，赞美河道清洁工，自觉投身生态环境保护之中去。

还有谈古说今的，如《由“说曹操曹操到”想到的》《今非昔比　体悟深刻》《漫谈长寿》等文；有谈科幻科学的，如《真实人与虚拟人：谁主沉浮？》《漫谈如何辨方向识路径到达目的地》等文；有讲工作工程的，如《职责与担当》《加装电梯》《实现零的突破　首拥世遗名片》《艰难起步　良好开端》等文；有谈吃吃喝喝的，如《蹭吃蹭喝，寿比南山》《乐融融聚会聚餐的老友们》《养螺蛳吃螺蛳》等文。

还有专门谈智能手机的，如《手机的扩张功能、带来的变革和使用者的自我迷失》；专门谈改革的，如《家庭联产承包，农民先行创造》。

这些文稿文章，有散文、随笔，还有小说，都是来自“我”的亲身实践、体悟。现在的“我”是儿童、少年、青年、成年的“我”加上老年的“我”的综合体。这个“我”是可以返老，还童，还少，还青，还壮的，是个变动的自我综合体。

但愿我的文稿，能引起读者类似的回忆思考，沉浸在美美的体验体悟之中……

2024 年 6 月 5 日写于南京